大乗小説がゆく

――私の「大菩薩峠」論

高梨義明

創英社／三省堂書店

大乗小説がゆく——私の『大菩薩峠』論〈目次〉

第一章　「小説家」と「大説家」

「大説家」なら、一定のメッセージをこめた自己完結的な物語を書くだろうが、「小説家」にはそれができない。現実の世界は「大説家」的アプローチが通じる程甘くはない。だから小説家は「小説家」になるしかない。

かつて私は、遠藤周作があるラジオ番組の中で次のように語っているのを聴いて、なるほどと思ったものである。

自分は小説家であって、この世のことを大上段から論断することなど、とてもできない。

大上段から論断できるほど、この世のことは単純ではない。

試みに、大病院に行って院内を回ってみるだけで、人はこの世がひと筋縄で救うことなど到底できない世界であることを、痛いほど思い知らされる。

そこには何の罪もない、いたいけな子供たちが、重い病に冒されて苦しんでいる。

いかなる同情も、いかなる憐憫《れんびん》も、そんな子供たちを救ってやることはできない。これほど理不尽なことがあっていいのだろうか。いかに懸命なる努力、いかに慈愛溢れる心がけを以ってしても、どうにもならない苦況が、この世には腐るほど満ち満ちている。

小説家はこうした世の不条理を、いちいちそのまま写し取ることはできても、それに対する解決策を提示することなど、決してできない。だから「小説家」なのであって、「大説家」ではないのだ。

この世の不条理の典型として、『カラマーゾフの兄弟』の中で、ドストエフスキーが紹介しているのも、罪なき子供たちを襲う悲劇なのである。

無神論者であることを自他ともに認めるカラマーゾフ家の次男イワンは、神の存在を信じて疑わない三男のアリョーシャに向かって、子供たちを襲う不条理について、ありあまるほどの例を挙げたうえでこう言うのだ。

「聞くんだ。人はみな、永遠の調和を苦しみであがなうために苦しまなければならないとしたら、子供はそれにどう関係する、どうだ、ひとつ答えてくれ?

なぜ子供たちが苦しみ、調和をあがなう必要などあるのか、まるきりわからないじゃないか。いったい何のために子供たちは、だれかの未来の調和のために人柱となり、自分をその肥やしにしてきたのか？　人間同士が、何らかの罪の連帯責任を負うというのは、おれにもわかる。復讐の連帯責任だということだって、おれにはわかる。だが子供たちが罪の連帯責任を負うというところは、おれにはわからない。かりに子供たちも、父親たちのあらゆる悪について、父親たちと連帯責任があるというのが真実だとしたら、むろんそんな真実はこの世のものとはいえないし、そんな真実、おれには理解できない。でもひょっとすると、どこぞのお調子者が、こんなことを言い出すかもしれないな。子供たちだっていずれ大きくなれば罪を犯すことになる、とかね。でも実際にその子供は大人になっていないじゃないか、あの子は八歳で犬に噛み殺されたじゃないか（筆者註　遊びで自分の愛犬の足に石を投げてけがをさせた下男の息子を、すっぱだかにさせたうえで、ボルゾイ犬に襲わせて食いちぎらせた将軍の話に触れている）」

（亀山郁夫訳『カラマーゾフの兄弟』第2巻）

このイワンは続いて次のようにも言う。

「おれはいま、何もわかりたくないんだ。おれはただ事実ってものに寄り添っていたいんだ。だいぶまえに、おれは、理解しないって決めたんだよ。もし何かを理解しようと思ったら、とたんに事実を裏切ることになるからな、事実と寄り添っていることに決めたのさ……」

イワンのこの独白は、遠藤周作の創作姿勢と見事に重なっており、近代小説の一般的な創作姿勢とも重なっている、と言ってよいのではあるまいか。

現実を捉えたつもりでそれを解釈し、その解釈にもとづいて現実に対処しようとすると、その解釈は必ず裏切られ現実への対応も失敗してしまうのが常だ。したがって現実はあるがままに写し続けるしかない、というのが小説家的手法なのである。だからこそ、現実の観察の中にお説教や教訓を持ちこまない、というのが小説家の生命線になるのだ。

第二章　釈迦は無神論者か

釈迦の仏教は、この世を自己完結的なものとは考えなかったはずである。一方、大乗仏教はこの世を自己完結的なものと捉え、「上求菩提、下化衆生」を掲げる。両者の対照は、「小説家」対「大説家」のそれと重なる。

ところで、宗教の存在意義とは、この世の不条理をどうやって裁いてみせるかにかかっているのではないかと、常々私は思っている。

同時に「災難にあふ節には災難にあふがよく候。死ぬ時節には死ぬがよく候」と言う良寛の教え以上の、不条理に対する対策などありえないとも思っている。

阪神淡路大震災とオウム真理教による地下鉄サリン事件が相次いで起こった一九九五年、日本の仏教界は何ら適切なメッセージを発することができずその衰退ぶりをさらけ出したと発言しているのは、宗教学者の山折哲夫氏である。

確かにそうした重大事に際し、その場にふさわしいメッセージを発しようともせず、あまつさえ現世利益を掲げて勢力温存を計る一部仏教界の体たらくについては、私も失望させられることが少なくない。

自己保存に汲々《きゅうきゅう》として己を見失っているわが国一部仏教界の実態については、最近、私が訪れた京都の寺の例に即して紹介してみたい。

久しぶりに西芳寺（苔寺）を訪れたのだが、同寺への順路にある、夥しい数の鈴虫を飼育することで有名な某寺に寄ってみて、そのコマーシャリズムに呆れた。五千匹の鈴虫の飼育と合せ、この寺が〝売り〟にしていたのは草鞋《わらじ》履きの地蔵尊だった。寺の用意した用紙に各人願い事を書いて奉納し、この地蔵尊を拝めば、どこへでもお地蔵様が出張して、その願いを叶えてくれると説教している。何という子供騙しかと笑ってしまったが、西芳寺へ行ってもこの辺の状況に大差はない。

西芳寺では目下、観光目的の参詣は受けつけておらず、参詣者は「般若心経」の写経をさせられ、それを奉納することが苔の庭を拝観するための条件になっている。ここまではよいとして、奉納すべき写経の用紙には、各人の願い事を記し、署名するようにに案内される。つまりは人々の「神（仏）頼み根性」を満足させようとする仕掛けであり、鈴虫の寺と五十歩百歩という他ない。

謡曲『大江山』の中に、天台宗の宗祖最澄の作った、こんな和歌が出てくる。叡山から酒呑童子《しゅてんどうじ》を追い払うべく、仏の加護を祈る歌である。

阿耨多羅三藐三菩提《あのくたらさんみゃくさぼだい》の仏たち
我立杣《わがたつそま》に　冥加《めか》あらせ給へ

これは新古今集にも収録されている歴とした最澄の歌なのだが、この歌に出てくる「冥加《めか》」を現世利益そのものとみたら、最澄に対しあまりにも失礼になるのだろうか。私には天台宗の宗祖であるのみならず、鎌倉仏教諸派の源流をもなした最澄の和歌にさえ、仏への「神（仏）頼み根性」が垣間見えてならないのである。

仏教って、そんな安っぽいものだったのか、と思ってしまう。

最澄が祈願すべきだったのは「冥加《めか》」ではなく、「冥感《めいかん》」あるいは「大悟」であってほしかったと、私は思うのである。

それゆえに、臨済宗龍源寺松原泰道住職の次に紹介する趣旨の発言（「文藝春秋」平成二十年新年号「石原慎太郎氏との対談」）には、我が意を得たりとの思いひとしおなのである。

目的があって神仏を拝むのは底の浅い信仰である。手も合せず、念仏も唱えず、神仏はいないのだと思うところから本当の信仰は生まれる。

同様に「神（仏）頼み根性」を戒める曽野綾子氏の次の文章も、私の心の琴線にしっかりと触れる。

神はまた決して単純ではない。いい人の畑の上にだけ、陽が照り雨が降って、悪い人の畑には陽も照らず雨も降らないのであったら、人間は畑の収穫をあげるという目的のために、いいことをするだろう。それは利潤を目的とした商行為であって、本当の徳に根ざしたものではない。

神はすべての選択を人間に委ねる。人間が動物以下の利己的な生活をしようが、人間を超える精神的な生き方をしようが、その結果を決してこの世で判定してみせたりはしない。

この世の不条理に対して神が沈黙しているということほど、神の人間に対する大きな信頼を示すものはない、と私は思う。

その時、初めて人間は、他人からの賞讃や現世の利益のためでなく、ただひたすら、人間としてそうあるべき魂の姿を求めるのである。

（日本経済新聞「こころ」八十二年十二月十一日）


一体全体、釈迦自身が、人々に「冥加《めか》」を与えようなどと考えていただろうか。否、と私は思う。それどころか、釈迦は冷静な無神論者だったに違いないとさえ、私は思っている。

原初の仏教教典には、確かに神々や悪魔の類も登場するが、いずれも比喩のレベルで扱われているにすぎない。釈迦には「神」も「霊」も存在していなかったのではないか。「死んでしまえばそれまでよ」と醒めた目で人の生死を見ていたのが釈迦ではなかったのか。

釈迦は冷静にかつ客観的にこの世の諸相を捉えていた。遠藤周作のように、あるいはイワン・カラマーゾフのように。

言ってみれば、小説家的アプローチによってこの世の移ろいを捉えていたのではないか。そこには人知、人力によってはあらがうことのできない現実があった。四苦であり八苦である。

あらがうことのできない冷厳なこの世の定めを、決してうろたえることなく受け容れられるように、心を修養させ、処世術を授けることがそもそも原初の釈迦の教えだったのではないか。人の世の醜いいざこざを回避させるために、「右の頬を打たれたら、左の頬を出しなさい」と説いた、キリストの知恵に似ていると言えなくもない。

しかしながら、この世に起きては止み、止んでは起こる、戦乱、飢饉、自然災害、疫病といった災厄を前に、一般大衆にとって釈迦の教えはあまりになまぬるいものだった。

「神は死んだ」とニーチェが言い、「宗教は阿片」とレーニンは言うが、大いなる存在、永遠なる存在にすがろうとする人間の習性は古来消えたためしがない。引きも切らぬ不条理の洪水を前に、心の安定を願おうとする人が宗教に頼ろうとしない限り、彼には「諦めること」しか残されていない。

人々には釈迦の諦めの教えよりもっと直接的救済が望まれてならなかった。インドにおいて釈迦の原始仏教が滅んでいったのはそのためであろう。

釈迦はみずから悟りを開き、彼の教えを理解できた信者たちも同様の境地に達し、彼等なりの至福の生涯を終えることができた。

しかし、残された「縁なき衆生」は一体どうやって生きてゆけばよいのだろう。人間社会において、多数派はむしろ残された「縁なき衆生」の方ではないのか。

ここにひとつの動きが発生する。「縁なき衆生」が追い求める救い主としての仏教の再構築の動きが、それである。

「梵天勧請《ぼんてんかんじょう》」という逸話がある。解脱を遂げた上でひとりこの世を消え去らんとした釈迦が、梵天（古代インド土俗信仰の中のブラフマン神が仏教世界に吸収されて仏の※眷族となったもの）によって説得され、万民の救い主として再生する話である。「縁なき衆生」の救済には、何よりも絶対者、あるいは創造主としての神格の設定が必要であり、かつそれで充分だと言ってよいだろう。

こうして釈迦は、本来の釈迦の姿とは似ても似つかぬ絶対神として復活する。ここに一神教としての仏教の再構築、大乗仏教が生まれる。「梵天勧請」はそのあたりの経緯を暗示しているのだ。

よくキリスト教、イスラム教など、一神教との対比で仏教の特殊性が云々されることがあるが、どうしてどうして、仏教、少なくとも現代日本で主流をなす大乗仏教の本質は一神教と考えるのが妥当ではないか。真言宗における大日如来、天台宗における釈迦如来、浄土宗、浄土真宗における阿弥陀如来はいずれも一神教の神格と見てさしつかえないものと思う。

一神教はこの世の予定調和を説く。つまり「小説家」に対する「大説家」の世界観を持つ。

三島由紀夫が『鏡子の家』で用いた表現を借りるならば、「人生という邪教」を、さはさりながら克明に記していこうとするのが「小説家」の立場であり、それは本来の釈迦の立場に通じている。

それに対して大乗仏教の立場はどうか。「下化衆生」を目指すのが大乗仏教とするなら、少なくとも人生を邪教とみる立場にないことは明らかである。それゆえに、おそらくは「大説家」の立場に立つものとみてさしつかえあるまい。すなわち、釈迦の原始仏教と大乗仏教の対照の中に、「小説家」対「大説家」の対照のアナロジーがみられるように思うのである。

ところでここに、みずからの小説を「大乗小説」と称してはばからない物書きが現れる。

その物書きとは言わずと知れた中里介山のことであり、「大乗小説」とは『大菩薩峠』のことである。

「大乗小説」は「大説」と読み換えてもよさそうである。いや、むしろ「大説」以上に「大説」的なのが「大乗小説」なのではあるまいか。中里介山が長篇小説『大菩薩峠』を「大乗小説」と称するに至った背景は奈辺《なへん》にあるのだろうか。

そしてまた、彼の公言するとおり、『大菩薩峠』は「大乗小説」としての使命を全うしえたのであろうか。

こうした疑問について、考察を試みてみたい。

※眷族《けんぞく》（仏・菩薩につき従うもの）

第三章　大乗仏教の「負の訴求力」

大乗仏教は「正の訴求力」と「負の訴求力」の両輪をその推進力とする。『大菩薩峠』の陰々滅々たる雰囲気は、大乗仏教の「負の訴求力」によってもたらされているのではないか。

そもそも私が『大菩薩峠』を読み始めたのは、今から五十年以上も昔、高校生の頃である。ふとスイッチを入れたラジオ放送の高校生の読書をめぐる座談会で、この小説が取り上げられていた。当時『週刊朝日』の編集長だった扇谷正造が盛んに推薦していたのが『大菩薩峠』だった。この本には日本の森羅万象、故事来歴にまつわる厖大な情報が溢れており、高校生の知識欲にはもってこいだというのが、推薦の理由だった。

当時高校生の愛読書といえば、『ジャン・クリストフ』（ロマン・ローラン著）とか『チボー家の人々』（マルタン・デュガール著）とかが定番で、講談本まがいの『大菩薩峠』を選ぶことにはいささか肩身の狭い思いがしたが、私はあえてこの本を選び、全四十一巻に及ぶ長篇を読み始めることになった。

長谷川如是閑が批判したようにその文体は講談風で通俗臭ふんぷんたるものがあり、筋の紆余曲折はご都合主義そのもの、こんな本を読み進めるのは決して威張れたものではないなと思いつつも、読み止《さ》しにできなかったのは、そこはかとなく漂ってくる凄味というか、迫力というか、えも言われぬこの小説の雰囲気に取りこまれたからだった。

私が小説『大菩薩峠』の存在を知ったのは、まだこの小説に触れるまえの中学生の頃だった。地域社会の青少年のための文化的な催しに来賓として登壇した郷土の名士が『大菩薩峠』の中の一挿話を引用したのである。

それは新徴組（新撰組の前身）の土方歳三を頭とする十余人の刺客が清河八郎の駕籠を襲う場面である。清河八郎と見こんでいた駕籠の客は、実は剣聖島田虎之助であった。一党は鎧袖一触《がいしゅういっしょく》、とんでもない返り討ちに合う。

ただ一人生き残った土方歳三に、島田虎之助が言う。

「剣は心なり、心正しからざれば剣も正しからず、剣を学ばん者は心を学べ」

（第一巻「甲源一刀流の巻」）

件の来賓はこの挿話の引用によって、聴衆である中高校生に、精神練磨の重要性を説いたのだった。したがって暫く後まで、『大菩薩峠』に抱いていた私のイメージは、ドイツ文学流の「教養小説」だった。しかし読み始めてみると、『大菩薩峠』は「教養小説」とは全く趣きを異にするものであることがわかった。

島田虎之助は確かに剣禅一如の雰囲気を以って登場し、およそ剣禅一如の世界とは無縁の、この小説の主人公机龍之助にとって、一部始終を目撃したこの場面は、生涯に亘るトラウマとなる。

しかし島田は、この小説の途中で不様にも毒殺によってこの世を去る。あたかも、剣禅一如を嘲笑《あざわら》うかの如き終末を、介山は島田のために用意するのだ。これでは、『大菩薩峠』を「教養小説」と見るわけには到底いかないではないか。

私を盛んに魅きつけた、この小説の凄味ないし迫力の正体は、一体何だったのだろうか。

今にして思えば、それはこの小説に漂い続ける、そこはかとない無常感であり、虚無感であり、『平家物語』以来のわが国文芸に付きまとう「もののあはれ」や、さらには『源氏物語』以来のわが国文芸が内包する「もののはずみ」に通底する雰囲気だったのではあるまいか。一体その源流は奈辺にあるのだろうか。

私は、大乗の二乗とさえ言われる日本の大乗仏教には、「正の訴求力」と「負の訴求力」という、ふたつの訴求力が推進力として働いているとみる者である。

六道輪廻という世界観がある。

人は地獄、餓鬼、畜生、修羅、人間、天上の六種の世界（六道）を次々に転生してゆくという思想で、古代インドの土俗宗教あたりから発生したものらしい。人はそれぞれの「業」の結果として、ある六道のひとつから別のひとつへと次々に展転させられるという。天上界に一旦転生させられたとしても、永遠にそこに留まれる保証はないというのだ。

釈迦の「小説家」的アプローチが、もとよりこんな迷妄の思想を受け容れたとは思えない。

一方、大乗仏教の「大説家」的アプローチの対応はどうだったのだろうか。

大乗仏教はこの世の不条理を釈明するために「業」の仮説を取り入れ、輪廻転生の仮説を支持することになったのではないか、と私は考える。

人は拭い難い己の宿業によって輪廻転生を繰り返すことになる。その限りでこの世は不条理なのだが、積善によって己の来生での幸せ、あるいは子孫の将来における幸せ、すなわち天上界への転生を招来することができる。この世の不条理を渋々なりと衆生に受け容れさせる理屈ではある。少なくとも、曽野綾子氏の批判する商行為的信仰よりは次元の高い宗教倫理と言える。

大乗仏教はこの「業」の仮説を基本とし、一方では「浄土」という仮説を創出して衆生を六道から解脱させる希望を与え（浄土は天上界とは異なり、永遠にそこに留まることが保証される）、一方では地獄の過酷さを強調することによって、恐怖によって衆生に積善を説いた。

前者が私のいう大乗仏教の「正の訴求力」であり、後者がその「負の訴求力」である。

さらに「業」の仮説にも、みずからの積善によって来世、ないしは子孫の将来の幸せを図らしめる積極的な一面と、己の宿業の意識がもたらす無常感という消極的な一面との両面があり、前者が「正の訴求力」、後者が「負の訴求力」として働くことになる。

「業」の仮説の「負の訴求力」と、地獄の虚構という「負の訴求力」との相乗効果により、大乗仏教の極めて暗鬱な雰囲気は醸成されているのだと、私は思う。

『大菩薩峠』をめぐっては、「桑原テーゼ」なるものが厳然としてある。昭和三十三年、桑原武夫が「この人々」という随筆集のなかに記している『大菩薩峠』礼讃の評言に出てくる中里介山論で、簡単に言えば次のようなことである。

日本文化を地層になぞらえて分類するなら、表面の第一層には西洋の影響下に近代化した意識の層がある。その下の第二層には古風な儒教的、封建的な意識の層があり、最下の第三層には古代から神社崇拝のようなかたちでドロドロと伝わる、シャーマニズム的地層がある。

介山の秀でたところは、第一層や第二層のみならず第三層からも養分を吸い取っているところだ、というのである。

思うに『大菩薩峠』の陰々滅々たる雰囲気――先に私が触れた――こそ、桑原武夫の説く第三層文化が噴出せしめているものであるが、それは彼の指摘するようなシャーマニズムの影響というより、まさに大乗仏教の「負の訴求力」に影響されたものではないかと、私は捉えている。

『大菩薩峠』全篇、とりわけ前半部分に漂う陰々滅々たる雰囲気は、私にとっては大乗仏教の「負の訴求力」そのものなのである。

北鎌倉に円応寺という、閻魔大王を本尊とする寺がある。俗に十王堂とも閻魔堂とも呼ばれるこの寺には、人が死んでから冥界をさまよう間に十体の王に出合うという十王思想に則った十王の仏像が立ち並んでいる。

十王思想は、わが国大乗仏教の「負の訴求力」を示現する、ひとつの典型とも思えるので、この寺の仏像に添えられた説明書きをもとに、具体的な中身を紹介してみたい。

　人は死して後二・七日、すなわち十四日後に三途の川を渡る。この川には三ヶ所の渡し場があり、それゆえに三途の川と呼ばれる。

　渡し場の一つは、山間の水が急流をなしているところで、ほとんどの亡者はここを渡っていく。

　渡し場の二つ目は、入江が深淵をなしているところで、生前の罪の重い者はここしか渡れない。ここを渡る亡者は泳いで渡るしか手立てがないという。

　渡し場の三つ目は、生前罪を犯さなかった者にのみ渡れる橋であり、亡者はお地蔵様に手を引かれてこの橋を渡る。

　亡者が三途の川を渡り終えたところに、奪衣婆《だつえば》という婆《ばばあ》がおり、亡者の着衣をはぎ取って懸衣翁《かけえおきな》に手渡す。懸衣翁はその着衣を衣領樹《えりょうじゅ》という木の枝に懸け、枝の下がり具合に応じて亡者の生前の罪の軽重を計る。

古来葬儀の際に、死者の着物を左前に着せたり、裏返しに着せたり、あるいは着物の上下を逆にして死者を覆ったりする習慣があるが、これらは奪衣婆から亡者の着衣を守ってやるまじないとされている。

亡者は冥界において十体の王に出合う。

初七日に出合うのが秦広王（不動明王の化身）で、亡者の殺生の罪を問い質す。人は生まれ落ちると同時に左右の肩に倶生神を一神ずつ宿すことになる。一方は人の善行を、一方は人の悪行を生涯監視し続ける。

秦広王は倶生神の報告によって、亡者の生前の行いすべてを取り調べ、記録する。記録は閻魔帳によって後続の大王たちに順次引き継がれ、閻魔大王に達する。

その間、二・七日に出合うのが初江王（釈迦如来の化身）、三・七日に出合うのが宋帝王（文殊菩薩の化身）、四・七日に出合うのが五官王（普賢菩薩の化身）であり、五・七日にして漸やく閻魔大王の下に身を晒される。

閻魔大王は閻魔帳に則り、罪ある亡者を地獄に落とし、苦しみを与える。

しかし亡者に苦しみを与えること自体は、閻魔大王自身の罪とされ、この罪ゆえに彼の前には日に三度、大銅鑊《だいどうかく》なる銅製の鍬がしつらえられる。そのたびにそれまで彼に従っていた獄卒や亡者たちが彼を捕え、熱く焼けただれた大銅鑊《だいどうかく》の上に彼を載せる。獄卒や亡者たちは鉄鉤《てつかぎ》で彼の口をこじあけ、ドロドロに溶けた銅を口中に注ぎ入れる。これはいかなる亡者への仕置きにも優る苛烈な仕置きである。

亡者を地獄に送ることを避ければ、閻魔大王もかかる仕置きを免れられるのだが、亡者の生前の悪行を知った以上はこれを黙視することができない、というのが閻魔大王にとっての業である。

閻魔大王を苦しみから救うには、すべての人間が罪を犯さなくなるしかないのである。

閻魔大王の前で、すべての亡者は地獄行きか否かのふるいにかけられるのだが、ここで地獄行きを免れたとしても安心はできない。

さらに引き続く諸王の審判次第で、地獄行きを宣告される恐れはまだ残っている。

六・七日には変成王（弥勒菩薩の化身）、七・七日には泰山王（薬師如来の化身）、百ヶ日には平等王（観音菩薩の化身）、一周忌には都市王（勢至菩薩の化身）に次々に出合い、三回忌に五道転輪王（阿弥陀如来の化身）に出合うに至って、亡者は初めて涅槃に入るチャンスに恵まれるのだという。

何という壮大な子供騙しであろうか。

中世から近世にかけての迷妄の時代の中で、世の人はこんな子供騙しを本気で信じることもあるいはあったのかもしれない。

自然災害の過酷さ、戦乱の混迷、身を切り刻むような無常感の朝夕の中で、何か人智を超える絶対者への畏怖に駆り立てられ、ついついその威光にすがってしまうのが人間であろう。

人々には宗教という阿片が必要だった。表面のいかがわしさは、さしたる問題とならなかったのではあるまいか。

こうして大乗仏教の「負の訴求力」は果てしもなく広がってゆく。

『大菩薩峠』において、わが国大乗仏教の「負の訴求力」が咲かせた花こそ、伊勢神宮間《あい》の山の女芸人お杉・お玉が唱い奏でる、かの行基菩薩作詞と伝えられる『間の山節』である。

花は散りても春は咲く
　鳥は古巣に帰れども
　　往きて帰らぬ死出の旅

夕べあしたの鐘の音
　寂滅為楽と響けども
　　聞いて驚く人もなし

哀調夥しいこの歌は、『大菩薩峠』の基調音となって、読者の心を引きずってゆくのだ。

伊勢神宮の内宮《ないくう》と外宮《げくう》の間に、かつて間《あい》の山と呼ばれる盛り場があり、参拝客の財布を当てこんだ、見せ物や芸人、果ては乞食などで大いに賑わっていた。被差別部落出身のお杉・お玉は、三味線を奏でながらここで『間の山節』を唱う女芸人のコンビである。

陽気な伊勢音頭とは対照的に、まるでお経の如く陰々滅々たる『間の山節』の調べは、好奇心も呼んで参拝客の人気の的になっていた。

優れた芸術は人を自殺にさえ追いこむ。

一度は愛人と心中を図りながら、死にそこなったお豊は『大菩薩峠』の主人公机龍之助とめぐり合うことにより一旦は人生の光明を信じる。が、やがて机龍之助と添い遂げることもならず、苦界に身を沈める。そこでこの世の無常に打ちのめされたお豊は、お玉の唱う『間の山節』の調べに誘われたように自殺を遂げる。

龍之助がみずから手にかけて殺した妻お濱に生き写しだったお豊に絡んでは、龍之助の世にもクールな性格を浮き彫りにする、ふたつの挿話がある。

江戸でお濱を斬り捨て、ふたりの間に生まれた赤児の郁太郎をも捨てて京へ旅立った龍之助は、大津の宿でお豊とその愛人の二人連れに遭遇する。この二人が隣室で心中の相談をしているのを偶然盗み聞きした龍之助の反応は尋常のものではない。助けようと思えば助けられるかもしれない人を、見殺しにする一種の痛快感に見舞われた龍之助は、人を殺したあとに見せる冷笑を浮かべ、寝ころびながらうそぶくのである。

「死ね、死ね、死にたいやつは勝手に死ぬが宜い」　（第三巻「壬生と島原の巻」）

心中を生き残り、奇しくも龍之助と愛し合うことになったお豊は、先に述べたようにお玉の『間の山節』の調べに誘われるように死を選ぶ。

お玉はお豊の遺書を持って二見ヶ浦に近い大湊の島に龍之助を尋ね、お豊の死を告げる。

お豊が死んだのは実はお玉が唱った『間の山節』のせいだったと告げられた時の龍之助の反応も、見事と言えば見事なものである。


「何だかお前の言ふことはわからない」

龍之助は冷笑。

「判らないことはございません。わたしが間の山節をうたひましてそれをあの方が離れでお聞きなすって、それから死ぬ気になったのでございます、このお手紙にもそれが書いてございます、鳥は古巣へ帰れども、行きて帰らぬ死出の旅と、わたしの歌が遺書《かきおき》の中に書きこんであるのが証拠でございます」

「それは妙な証拠ぢゃ、歌を聞いて死ぬ気になったからとて、その歌をうたった者が殺したとはをかしい、歌ふものは勝手に歌ひ、死ぬ者は勝手に死ぬ……」

「勝手に死ぬ……」

お玉の極度にのぼった熱狂がこの一語で一時に冷却されて口も利けないほどに昏がフルへましたけれど、それが過ぎると前よりも一層逆上《のぼ》せて、

「死ぬ者は勝手に死ぬとは、よくもまあそのやうなお言葉が……なるほどわたくしは賤しい歌うたひでございますから、勝手に出まかせに歌もうたひませうけれどお死になさる人は決して酔狂でお死になさるのではございません」

（以下中略）

お玉は情が高ぶって着物の襟を食ひ裂きました。何も礼を言はれたいために、危険を冒して来たのではないけれども、人の情に対する感謝の美しい一雫を見たいものとは思はないものではなかったのに、この人は情といふものも涙といふものも涸れ切った人なのか。さうでなければ天性、さういふものを持って生れなかった人なのか、お玉は口惜しくって涙をこぼしてしまいました。

「こんな薄情なお方と知ったら、手紙なんぞ持って来るのではなかった」

（第六巻「間の山の巻」）

『平家物語』に優るとも劣らない、『大菩薩峠』の無常感を涵養していったものこそ、介山の生い立ちであり、家庭環境であり、社会主義運動遍歴であり、恋愛遍歴であったことは、介山の生きざまを辿ってゆく内に、ごく自然に私には納得できたのである。

第四章　ラスコーリニコフの斧

大菩薩峠の山頂で行われた机龍之助の不条理殺人は、ラスコーリニコフの斧による殺人のように衝撃的だった。それがこの小説の魅力となると同時に、それは両刃の剣の如く、作者にとってのかせとなった。

小説『大菩薩峠』は、いきなり大菩薩峠山頂で行われる、不条理極りない試し斬りから始まる。

武州澤井村澤井道場名代の机龍之助が、名もない巡礼の老爺を、いとも鮮やかに斬って捨てる壮絶な場面から始まるのである。

女の子は、老人の手から瓢《ふくべ》を取って、ついこの下の澤に流るる清水を汲まうとして、山路をかけ下ります。

老人は空《むな》しくそのあとを見送って、ぼんやりしてゐると、不意に背後《うしろ》から人の足音が起ります。

「老爺《おやじ》」

それは最前の武士でありました。

「はい」

老爺はあわただしく居ずまひを直して挨拶をしようとする時、彼の武士は前後

を見廻して、

「ここへ出ろ」

編笠も取らず、用事も言はず、小手招きするので、巡礼の老爺は怖る怖る、

「はい、何ぞ御用でございまするか」

小腰をかがめて進みよると、

「彼方《あっち》へ向け」

この聲諸共に、パッと血煙が立つと見れば、何といふ無残なことでせう、あっといふ間もなく、胴体全く二つになって青草の上にのめってしまひました。

（第一巻「甲源一刀流の巻」）


この机龍之助の一刀《ひとたち》を、ラスコーリニコフの斧になぞらえる人もいる。ドストエフスキーの『罪と罰』の中で、吝嗇《りんしょく》このうえない、金貸しの老婆の命を一撃のもとに断った、あのラスコーリニコフの斧にである。

中里介山の机龍之助は、ドストエフスキーのラスコーリニコフだ、などと言おうものなら、それこそいい物笑いになるから筆者はそんなことを読者に押しつけるわけではないが、だが中里氏が意識してか、それとも意識しないで書いたか知らないけれども、氏が古い社会主義者であったことを考え合せば、どうやら目前の社会を、勿論その文学をも含めて、否定しようとまで行かずとも憫笑《びんしょう》しようと云う位の心意気は見てとれるのである。

（中谷博「大衆文学本質論」）

中谷博の言うとおり、机龍之助の一刀《ひとたち》は鮮烈なまでに挑戦的であった。『大菩薩峠』が書き始められたのは、大正二年のことであったが、それに先立つこと二年、明治四十四年、かつて介山の盟友であった幸徳秋水以下十二名が大逆事件のかどで刑死している。日清、日露戦争の勝利を経て、強権主義が、この国の隅々まで覆いつくそうとしていた。石川啄木が「時代閉塞の現状」と表現したまさにそんな時、机龍之助の一振りが空をさいたのであった。その反響たるや、推して知るべしである。机龍之助の一振りは、介山にとって言わば両刃の剣となったように、私には思える。鮮烈なる不条理の一振りによって、介山は日本文学史上画期的な人物像を創造した。しかもそれは広範な読者の支持するところとなった。

林不忘の丹下左膳も、大佛次郎の堀田隼人（『赤穂浪士』）も、さらには柴田練三郎の眠狂四郎も、机龍之助の存在なくして造型は難しかったのではないか。

しかしここで、介山には画期的な登場人物の犯した不条理殺人の結着をどうやって図ればよいのか、というすこぶる難しい命題が発生したのである。

当初介山は、この小説のモチーフとして盗賊裏宿の七兵衛を重視し、実在した七兵衛に関する資料を集めていたようである。言わば物語のたて糸に机龍之助と彼を仇と狙う宇津木兵馬の葛藤を据え、七兵衛の物語をこれに絡めてゆく構想を描いていたらしい。

新聞連載開始前々日の大正二年九月十日「都新聞」に掲載された「予告」は言う。

次に掲ぐべき新物語『大菩薩峠』は甲州裏街道第一の難処也。徳川の世の末、ここに雲起りて関八州に及びぬ。剣法の争ひより、兄の仇を報ゐんとする弟、数奇の運命に弄ばるる少女、殊に一夜に五十里を飛ぶ凶賊の身の上甚だ奇なり、記者は故老に聞ける事実を辿りて、読者の前に此の物語を伝へんとす。

さらに第三巻「壬生と島原の巻」のあとがき（大正三年十二月五日）は次のようにも言う。

中里生申す、未だ充分の完結を見るに及ばずして、又も筆を擱くことになりぬ。これより机龍之助は一旦、十津川の乱に加わりて戦ひ、硝煙の為に両眼の明を失ひ、杖にすがりて辛くも東へ帰り、見えぬ眼に郁太郎を抱きて、幽明を隔てつつ父弾正の事を思ふ時、兵馬はたずね来り、共に御岳山上に登りて白刃の間に相見ゆ、眼盲いたる後の龍之助の剣法、なお精妙にして人の眼を奪ふ、されど結局は兵馬の手に死ぬる也……。

かかる構想のもとに、この小説を兵馬による龍之助討ち果たしを以って締め括るならば、『大菩薩峠』は昔ながらの勧善懲悪の通俗小説と選ぶところがなかったはずである。

ところが幸か不幸かことはそう簡単には進まなかった。小説連載の反響は彼の期待を大いに超え、介山は小説を完結するにしのび難くなる。同時に机龍之助の不条理殺人は彼の人物像を極めて独創的なものにしてしまったため、中途半端な結末では納まりにくくもなってきたのである。

私の言う「両刃の剣」とはまさにそういうことなのである。

遂に介山は、この物語を書き続ける決意をし、暫くして次のような文章を巻頭に据えることになる。

第五章　「大乗小説」宣言

机龍之助という画期的なタイプの主人公の創出による反響著しい中で、作者は『大菩薩峠』のことを「大乗小説」とあえて称し、その仏教絡みの構想を打ち出すと同時に、「大衆小説」のレッテルを峻拒《しゅんきょ》する。

この小説『大菩薩峠』全篇の主意とする処は、人間界の諸相を曲尽して、大乗遊戯《ゆうげ》の境に参入するカルマ曼陀羅の面影を大凡下の筆にうつし見んとすることにあり。この着想前古の無きものなれば、その画面絶後の輪郭を要すること是非なかるべきなり。読者、一染の好憎に執し給ふこと勿れ。至嘱

著書謹言

介山はここにおいて、『大菩薩峠』における仏教思想的構造を明確にする。あまつさえ彼は、この小説を「大乗小説」と称するに至る。人からこの小説を大衆小説と呼ばれることを嫌悪し、この小説は「大乗小説」なりと豪語する介山が現れるのである。

介山が『大菩薩峠』のことを「大乗小説」と称したのも、彼にとって大きな挑戦に他ならなかったが、この挑戦は先に触れた龍之助の不条理の一振りと表裏一体のものと言える。

松本健一氏は、龍之助の不条理の一振りを評して、それは「悪の剣」ではなく「無明の剣」であると表現した。

「無明の剣」は、悪に対応する勧善懲悪的な裁き方で裁くことができない。ではどう裁けばよいというのだろうか。裁くことを棚上げにして龍之助の運命を果てもなく引っ張ってゆくことは可能かもしれない。「小説家」的アプローチとはそうしたものであろう。

しかし介山はあえてそうした「小説家」的アプローチにくみせず、「大説家」の道に挑んだのである。『大菩薩峠』を上求菩提《じょうぐぼだい》、下化衆生《げけしゅじょう》を目指す「大乗小説」にしてみせると。

いや、実を言うと、介山は「小説家」的アプローチを峻拒してはいなかったのである。ややこしい限りではあるが、介山は依然として「小説家」的アプローチを踏襲しながら「大乗小説」を目指したのである。これを自己矛盾と言わずとして何と言ったらよいのか。

いずれにせよ、「大乗小説」宣言は大いなる挑戦であったが、かように大いなる挑戦をあえて選ばなければならなかった事情も、実は介山にはあったのであり、そのことについてはあとで触れたい。

ラスコーリニコフの斧にも似た衝撃的な登場を果たした机龍之助は、まず武州御獄神社の奉納試合において、同じ甲源一刀流の師範宇津木文之丞と対戦し、彼を破って死なせてしまう。

文之丞の許嫁お濱は、この試合に先立ち龍之助に勝ちを譲ってくれるように頼みに行き、逆に彼の凌辱を受けてしまう。

文之丞の命を奪い、彼の許嫁の操を奪った龍之助は、お濱と共に故郷を追われ、江戸に落ちのびて、お濱と世帯を持つことになる。

江川太郎左衛門邸内のお長屋に逼塞していた龍之助とお濱は一子郁太郎を儲けるが、怨を互いにぶつけ合う日々の末に、破局を迎える。

龍之助を兄の仇と狙う宇津木兵馬を庇おうとしたお濱を龍之助は惨殺し、郁太郎を残したまま、江戸を出奔する。

ここから龍之助の漂泊ともいえる行脚が延々と続くことになる。

ふとした行きがかりから、天誅組と同道することになった龍之助は、十津川郷で一味と共に焼き討ちに合い、両眼の視力を完全に失う。以後、龍之助は身も心も無明の道を踏み迷っていく。

彼の彷徨は果てもなく続く。鈴鹿、京、大和、紀伊、伊勢、駿河、甲斐、再び江戸、再び武州、信州、飛騨、関ヶ原、伊吹山麓、琵琶湖、と己の意思とは関わりもなくさまよい続ける龍之助には、ありとあらゆるタイプの人間の生きざまが、次々に絡み合ってゆく。

介山の精力的なフィールド・ワークに裏打ちされた、名所旧蹟案内、伝承、俚謡《りよう》などがキラ星の如く輝き始める、甚だ贅沢な道中記が繰り広げられてゆく。

その間、龍之助は縁もゆかりもなく、怨みも何もない人々を、次々に辻斬りの刃にかけて憚るところを知らない。

ある時は甲府の街中で、ある時は甲州八幡村の村はずれで、ある時は江戸柳原河岸の土手で、またある時は飛騨高山の街中で……。

「……拙者といふものは、もう疾《と》うの昔に死んでゐるのだ、今、かうやってゐる拙者は、ぬけ殻だ、影法師だ、幽霊の食物は、世間並のものでは可《い》けない、人間の生命を食はなけりやあ生きて行けないのだ、だから、無情に人が斬って見たい、人を殺して見たいのだ、さうして、人の魂が苦しがって脱け出すのを見るとそれで、ホッと生き返った心持になる、まあ、筋を言へば、そんなやうなものだが、この頃はそれさへ、根っから面白くなくなったわい、人を斬るのも、壁を斬るのと同じやうに飽気ないものぢゃ、辻斬りが嫌になったら、その時こそ、この幽霊も消えて亡くなるだろう、まあ、それまで辛棒してゐてくれ」

（第十八巻「安房の国の巻」）

龍之助の彷徨は、「ラスコーリニコフの斧」を振り下ろしてしまった彼にとって、報いとも言うべきものであるが、彼は一向に殺人を止めようと思ったりはしない。「大乗小説」というからには、ラスコーリニコフにとってのソーニャのような「光明」が、いずれ介山によって用意されているのではないか。そんな期待を持ちながら、読者は「大乗小説」という思わせぶりな、『果てもない道中記』（安岡章太郎）に延々と付き合わされることになるのだ。

第六章　介山の生い立ち——父と子

介山の父弥十郎の人格的欠陥は、中里一家を苦境に晒し、それが介山の宿業観を醸成してゆく。弥十郎は机龍之助のモデルとなり、介山の宿業観はこの小説に投影される。

中里介山、本名中里弥之助は、明治十八年（一八八五年）四月四日、東京都羽村市（当時神奈川県西多摩郡羽村）に生まれた。

羽村は承応二年（一六五三年）、玉川上水の取水堰が設けられた地である。いまだに多摩川の清流に洗われたような、清冽そのものの風光を湛えた田園である。空はあくまでも澄み、川べりのあかぬけた佇まいは、幼少期の介山の陰鬱な精神環境とはまるで裏腹のものである。

介山が生まれた頃、中里家は中農として田畑四、五町歩を持つ押しも押されもしない百姓であったが、やがて転落の一途を辿り、介山が成人する頃には一家離郷の憂き目に追いこまれてゆく。一家没落の原因は、ひとえに介山の父弥十郎の性格的破綻、怠惰にあった。

介山は父弥十郎、母ハナの長男として生まれた。弥十郎の父安蔵は、羽村の名主島田源兵衛、下陣屋の指田茂十郎との三人で水道役人をしていた。名主ではなかったが、上陣屋の加藤家から息子弥十郎の嫁ハナを迎えるに至ったわけだから、中里家は羽村でも比較的上層の家柄に属していたと見てよかろう。

弥十郎は農業のかたわら水車を利用しての精米業も手がけており、精米業は順調に推移していたが、その順調ぶりを見て水車の所有主が水車を返せと言い出し、弥十郎は特段のもめ事を避けて言いなりになってしまう。

これをきっかけとして、一家は横須賀に移り、母の父加藤藤三郎の仕事を手伝うことになる。製茶、肥料用木炭、海産物、青梅縞《おうめ》、箱根縞を商う仲介業だった。介山六歳の頃のことである。

だがこの仕事も加藤藤三郎の死によって立ちゆかなくなり、一家は再び羽村に戻る。弥十郎が次に手がけたのは綿屋である。東京の綿問屋から綿の原料を仕入れ、八王子から来る職人に綿を造らせて、近郷へ妻ハナを行商に行かせて売り捌いた。が、やがてこの商売も営業不振となってしまう。

やることなすことが、次々に裏目に出てしまうのはなぜか。介山は後に「明治時代の社会現象のひとつとも見るべき中農没落して一家が都会に流亡するの悲劇を、わが家ほど深刻に見せられたものはあるまい」（『哀々父母』）と述懐しているが、個人の力ではどうにもならない社会現象の一端として家業の衰運を捉えているのは、介山の父弥十郎に対するせめても心遣いなのではないのか。弥十郎という人物の性格的欠陥、そして何よりも彼の人生に対する構え方に家運衰退の原因があったと私は見ており、他ならぬ介山自身がこのことを遺み、そこに人生の理不尽さを強く感じていたのではないかと思う。

身体は強健で、腕っぷしも強かった弥十郎が、ひとかどの知性を備えてもいたことは、彼が明治二十七年九月、羽村に初めて新聞店が開店することになり、その広告のためにみずから代表して起草した、次に紹介する格調高い文章が示している。

「前略、苟クモ東洋の先進國ヲ以テ自任スル以上ハ、内外ノ状勢ヲ詳ニシ個々応分ノ責任ヲ分担セザル可ラザルモノトセバ、社会ノ耳目タル新聞紙ヲ利用シテ、日々ノ現象ヲ知悉スルハ豈現今ノ急務ニアラズヤ、爰ニ於テ乎、新聞紙ノ需要ハ日ニ月ニ増加シ、寒村僻邑ニ至ルマデ伝播セザルナキニ至レルハ国家ノタメニ慶賀セザル可ラザルナリ。然ルニ従来新聞紙ヲ販売スルモノ徒ラニ私利ヲ是謀リ競争者アラザルヲ幸トシ、不相当ノ価ヲ要求シ、或ハ配達ノ時期ヲ遅延スル等ノ弊往々之レアリト云。生儀之ヲ憂事久シ。今ヤ決然微力ヲ省ミズ、急速ト廉価ヲ目的トシ大方諸君ノ需要ニ応ゼントト欲ス。別紙ニ記載セル代価ハ決シテ甚ダ高価ナラザルヲ確信セリ。何トナレバ、生ハ実質ノ外決シテ不相当ナル利益ヲ計算セザレバナリ。唯生ヤ微力ナリ。一朝競争ノ顕ルルアラバ、終ニ之ガ為メニ圧倒セラルルモ計リ難シト雖モ、競争者ガ非常ナル廉価ヲ以テ販売スルハ是必ズ見ルニ損失ヲオシテ以テ圧倒セントスルニ過ギザレバ、其ノ永続スベカラザルヤ明ケシ。生ガ終始一貫着実ヲ旨トスル以上ハ、大方諸君ノ慧眼ナル必ズ一時ノ謀計ニ幻惑セラレテ他日ノ高価ナル賠償ヲ出サルル如キ事ナキヲ信ジテ疑ハザルナリ。仰ギ冀クハ大方諸君ノ御愛顧ニ依リ、陸続御購読アラン事ヲ。敬白

明治二十七年九月　　　石川新聞店」

介山の文才の源流はあるいはこんなところにあったのではないかとも思われる。弥十郎には、ある程度の才能に恵まれた人間ならば通常抱くであろう覇気というものが、およそ見当らない。三多摩壮士という表現がある位、羽村の属する三多摩地方は自由民権運動に熱を上げたところであり、住民の政治意識の旺盛なところであったのだが、弥十郎の政治意識は介山の目には次のようにしか映っていない。

父はこの辺で流行の、政党政派には関係しなかったが、政治上は趣味も批評も持ってゐた。時々狂歌などを作って、政界を揶揄したのを人に見せて興じてゐたこともあった。

（『哀々父母』）

斜に構えて世の中を見下し、みずからは現実の世界に人をかき分けて入っていこうとは決してしない男、弥十郎はそんな男だったようである。

生業の現実に対してもみずからは立ち向かおうとはせず、もっぱら妻ハナに任せる一方、好きな将棋では村で一、二を争う棋力を頼んで賭将棋にまで手を染め、そのため家伝のかなりの田畑を人手に渡してしまうだらしのなさだった。

時々畑仕事に出向くことはあっても、仕事着や股引の百姓姿になったことはなく、いつも長い着流しに角帯で鍬や鎌を持って出かけてゆく弥十郎だったという。

身体は強健であったが、神経は異常に鋭く、それが家運の衰退に伴って病的なまでに昂進し、家内の雰囲気を陰惨なものにしていった。ある時介山の姉イ子《ね》が機を織っていると、何が気に障ったのか弥十郎はその出来上りに近い反物をズタズタに切り裂いてしまった。

弥十郎の異常な鬱屈を示す一例である。弥十郎は介山にとってこのうえない反面教師となった。弥十郎とは対照的に、向上心の固まりのような介山という人格が形成されていったのは、介山の父への憎しみ、反発心に負うところが大きいと見て間違いあるまい。自分は決して父のようにはならないぞと、決意を固めながらも、介山はいつしか弥十郎という存在に極めて割り切れないものを感じずにはいられなくなったはずである。

ある種の天稟に恵まれながら、我と我が身をもてあまし、現実とも和解できない人物像に、ひそかに「業」の如きものを感じ取っていたはずである。

『大菩薩峠』の主人公机龍之助は、まさしく中里弥十郎の等身像であろう。龍之助は剣道の腕にかけては、向かうところ敵なしの達人である。にもかかわらず、彼にはこの世での向上心というものがまるでない。

御獄神社の奉納試合で打ち負かし、死に至らしめた相手の許婚と所帯を持つことになった龍之助は、腐れ縁の妻お濱から、

「ほんにお前様の腕なら、この広い江戸表へ道場を開きなされても立派に師範で通らうものを」

（第一巻「甲源一刀流の巻」）

と皮肉たっぷりに言われても、心を動かすこともない。

弥十郎と介山には毎夜の如く口論を繰り返す時期もあったが、弥十郎がわが子介山を愛さなかったかといえば、そんなことはない。

弥十郎の没後、菩提寺禅林寺で見つかった弥十郎の手書きの一句、

子供には　鯛売らせたし　蜆《しじみ》売り

に、介山は弥十郎の親心の深切さを感じた。

龍之助もまたみずから手にかけて殺した妻お濱との間に儲けた郁太郎には時として親らしい想いを馳せる。

龍之助は、また額を押へて唸る。その声を聞くと地獄の底へ引き込まれさうで

す。

「ああ――」

龍之助は、そろそろと面を上げて、

「これこれ女」

思ひの外静かな声で、

「妙な気持になった、お前に少し聞いて貰ひたいことがあるがな」

「何でございませう」

「いや、拙者も国を出てから長いことになるが思ひ出せば子供が一人ある」

何という話題の変り方であろう、しかしその言葉には、何とも言はれぬ痛々しさがあります。

「お子様がおありなさる」

「郁太郎と名をつけて男の児ぢや」

「はい」

「もし縁あって、お前がその男の児にめぐり合ふやうな折もあらば、剣術をやるなと父が遺言した、かふ伝へて貰ひたい」

「そのお子様に、あなた様が御遺言」

「さうだ、生前の遺言ぢや、拙者の家は代々剣術の家であったが、もう剣術をやめろと言って貰ひたいのぢや」

「それは如何いふわけでござんせう」

「別にわけはない」

この不思議な人の言ふことも為《す》ることも、一々、この世の人ではないやうです。

（第三巻「壬生と島原の巻」）


ここで龍之助がわが子郁太郎への遺言を託した相手というのがお松という娘で、大菩薩峠で龍之助の手にかかった巡礼の孫娘に当たる。

お松は不思議な縁で、このの ち郁太郎の養育に当たることになるのだが、この時点ではもとより後のちに至っても、龍之助が祖父の仇であるとは夢にも知らないのである。ともあれ、このシーンは、龍之助が人間らしい情を垣間見せる数少ないそれのひとつである。

父弥十郎の性格的破綻、生活能力のなさに帰因する中里家の貧困は、介山に過酷な青春を強いることになる。

長男として家族を支えるべく、介山は奮闘する。

介山が定職らしい定職に就けたのは、満十六歳で代用教員として初めて母校の教壇に立った時であるが、この時までに彼は苦学生として書生や電話交換手などの仕事を転々とする生活を強いられる。まだ十代半ば前後のことである。

父弥十郎の人格的欠陥に帰因するとはいえ、中里家の凋落と貧窮の中で、介山が世の中の仕組みについて批判の眼を徐々に開いていったのは無理からぬことであった。

弥十郎という存在は、介山にとって好個の反面教師であったと同時に、彼に親子という人間関係にひそむ抜きさしならぬ宿業感を、執拗に植え続けるものでもあった。

人間はみずからの意志によってこの世に、生まれるものではない。その性格、能力、美醜の相当部分は、先天的に親の遺伝子によって受け継がれていく。みずからの努力、精進によってもどうにもならない、一定の宿業を例外なく抱えているのが人間である。介山の抜きさしならぬ「宿業感」を醸成したのは、弥十郎という存在に他ならない。

そしてこの「宿業感」とも、「無常感」とも言うべき一種諦観的な想いは、『大菩薩峠』の基調を織りなすひとつの綾となる。

第七章　介山の初恋

介山にとっての初恋は失恋に終わる。そのことが介山の無常感を醸成し、無常感は『大菩薩峠』に投影されていく。

弥十郎の生きざまに、「宿業感」を抱くに至った介山が生涯独身を貫いたのは、己の体内に弥十郎的なるものの遺伝子を受け継いでいるのを恐れたためと指摘する向きがあり、充分ありうることと思われる。

かつて都新聞時代、介山の同僚記者だった長谷川伸は、介山を童貞だと信じて疑わなかったそうだが、介山は彼の見るような女性不感症の男だったわけでは決してない。それどころかかなりドラマチックな女性遍歴の持ち主だったのである。

介山はわずか十六歳で、母校西多摩小学校の教壇に立つ。教員資格を持たない代用教員としてだった。

やがて検定試験を通って正式の教員となるのだが、十六歳の春に受けた検定試験は六科目パスしたものの、体操を含む二科目が残ってしまう。彼は日頃足腰の鍛錬には自信があり、学校で教える機械体操などは頭から馬鹿にしていた。肌に合わなかったのであろう。だから本気で試験の準備をすることもなかったのであろうか、体操教科の試験の合格にはかなり時間がかかってしまったのであった。

ところで同じ西多摩小学校には、介山の体操不要論に共鳴してくれる教員がひとりいた。介山より六歳年長の久保川きせがその人である。

久保川きせは明治十二年、山梨県東山梨郡八幡村に生まれる。ちなみにこの八幡村は、机龍之助に斬り殺される、彼の腐れ縁の妻お濱の故郷に設定されている。

明治三十三年七月、東京裁縫女学校高等科を卒業したきせは、東京府の夏季講習会の講習を経て教員資格を取得し、西多摩小学校に赴任した。

きせはこの小学校において、生徒を喜ばせつつ体育の効果を発揮させるために、舞踏体操のようなものを取り入れてはどうかと提案したことから、介山と心を通わせるようになった。

きせは当時としては進歩的な女性であり、クリスチャンでもあった。介山も幼くして儒学や仏教に絡む宗教思想に浸ってきており、キリスト教にも少なからぬ関心を抱いていた。電話交換手の時代には神田美土代町の青年会館での無教会派キリスト教信者の懇談会に参加した経験もあった。したがって介山は、たちまちきせの影響を受け、地域の教宣活動に足を踏みこむことになる。

介山ときせ、それにきせと同居していた彼女の弟延平、介山の親友羽村与三郎の四人は羽村を拠点に伝道活動を開始した。

小石川富坂教会の額賀鹿之助牧師や、英人宣教師のオウトウ氏を招いて、羽村村民にキリスト教思想を熱心に紹介していった。

美貌と教養に加え、内面的な魅力をも備えたきせは、介山の目におそらく理想の女性像として映ったに違いない。

やがてふたりの交際は深まり、八幡村にあるきせの実家を、介山がしばしば訪れたりする仲となった。

介山はこの初恋を次のように謳う。

君が故郷は甲斐の国
わがふる里は武蔵なり

君打ち仰ぎ雲に笑み
われ顧みて水に泣く

「介山」というペンネームの由来については諸説あるが、介山自身はみずから主宰する雑誌「隣人の友」の中で、次のように語っている。

すなわち、晋の悲劇の英雄、介之推《かいしすい》との関係を言われることがあるが、そうではなく、尊敬する熊沢了介が蕃山《ばんさん》の号を名乗っていたこと、同様に敬愛する王安石が介甫半山と自称していたこと、さらには介山が電話交換手だった頃、神田の講演会でしばしば魅了された社会運動家の松村介石などから介山の字を選んだ、というのである。

しかしこれらの説明は、言わば介山の韜晦《とうかい》であって、実は初恋の人久保川きせを偲んで、彼女への想いを「甲斐の山」、カイザンに仮託したものではなかろうかと、私は見る。「甲斐山」は初恋の人きせへのアピールではなかったか、と。

しかしこの恋ははかなく消え去る。

介山の恋心は間違いなくきせに伝っていたはずである。が、きせにとって介山は六つ年下の弟のような存在でしかなかったばかりか、彼女には許嫁者もいたのである。「君打ち仰ぎ雲に笑み、われ顧みて水に泣く」、恋の悲劇的なゆくえを占うかのような詩ではなかろうか。

初恋の相手を己の理想と信じ、己の恋心にいささかの邪心もなしと自負していたであろう介山にとって、この初恋の破局は、彼の青春における、ひとつの大きなトラウマとなったことであろう。

世の中にはどれほど努力して求めても、己の意のままにならない世界があるのだということを、これでもかとばかりに思い知らされた介山であった。

第八章　介山の二度目の恋

介山の二度目の恋もまた失恋に終わる。それは『金色夜叉』の間貫一が辿った運命にも似た呪わしい破局であって、ある意味で「間貫一」的変身を介山に促したのかもしれない。

この介山の一方的なプラトニックラブも、介山が故郷の教壇を離れ、再び東京へ進出することによって幕を閉じる。

介山には、羽村よりもっと鄙《ひな》びた山間僻地の教壇に立ちたいという純真な夢があったが、その夢も叶う見込みがなくなり、また父弥十郎との折合いも極度に悪化したため、彼は遂に故郷を捨てる。

明治三十九年、介山は都新聞に職を得、生活面で一応の安定を得ることになるが、東京進出後、都新聞入社までの約三年間、介山は東京市内の小学校の教壇を転々とする。

山間僻地の教壇に憧れた彼の純粋な一面は、赤羽岩淵小学校の職を投げ打って、水上生活者の子弟などを生徒とする麻生三の橋の慈育学校の教員を任めるなどというところに発揮される。

一方では、みずからの才能に恃むところの多かった介山は、世に出たいという欲望に絶えず衝き動かされてもいたはずである。後に触れるように、彼は日露戦争に反対の論陣を張る平民新聞に拠点を置く幸徳秋水等と親交を開始し、社会主義運動の一翼を担うことになるのだが、介山の左翼活動には、彼の純粋な正義感に衝き動かされた一面と、みずからの才能を恃み、いかなる分野であれ名を成したいという自己顕示欲に駆られた一面とが見え隠れする。

さて、都新聞に入社した介山には、彼にとって二度目の恋が待ち受けていた。相手は都新聞の受付嬢、遠藤妙子で、その類い稀な美貌は社の内外に鳴り響いていた。

一方、同僚の長谷川伸が「不犯《ふぼん》」とさえ見ていた一見堅物そのものの介山も、きりりとした美形に恵まれ、『氷の花』や『高野の義人』を都新聞に発表してその才能に脚光を浴びて以来、社の内外の若い女性たちの秘かな憧れの的となっていた。

弥之助という介山の本名は、明治の一大成功者岩崎弥太郎の実弟で、弥太郎と並んで三菱財閥の基礎を築いた岩崎弥之助にあやかって弥十郎が付けたものだが、介山自身も認めるように、彼の容貌も写真で見る岩崎弥之助のそれに似て、あたりを圧するような美形だった。

美男と美女は、いつしか互いに魅かれ合うようになり、人目を忍んで深い関係に陥ってゆく。

しかしここでもまた、過酷な陥穽が介山を待ち受けていた。

電話交換手をしながら独学していた頃、介山が神田美土代町の青年会館で無教会派キリスト教信者懇親会に参加していたことは、前にも触れたが、介山はその席で田川大吉郎の面識を得た。

田川はその後介山の都新聞入社に際し、主筆として介山を推輓してくれた介山の恩人であった。その恩人の田川が、介山と遠藤妙子の関係に気付き、介山にこの恋を諦めるよう忠告する。

遠藤妙子が実は都新聞の社長楠本男爵の意中の人となっていたことを、田川は察知していたのであった。

やがて楠本男爵は妙子の親に経済的な庇護を申し出るに至る。

妙子にとって介山こそが真実の恋の相手であったが、この真実の恋を追求させてくれるほど、遠藤家の経済に余裕はなかったのである。

連載小説の人気で都新聞のスターとなった介山にしても、妙子とその一家を背負って立てるほどの経済的余裕には、まだまだほど遠かった。彼には母と弟妹たちという扶養家族がしがみついていたのだ。

介山にとってこの恋は、プラトニッククラブに終わった久保川きせとの初恋とは打って変わって、熱烈な男女の関係だった。

介山が下谷練塀町の妙子の家に訪ねていくだけでなく、妙子も介山の住居をしばしば訪ねてきた。妙子が来る日は、介山は朝から母をはじめ弟妹を追い出して、一人で妙子を待った。互いの愛を確かめるために、伊香保温泉に旅したりもした二人であるから、この恋が実りあるものとなることを信じて疑うことはなかった。

ところが晴天の霹靂に襲われたかのように事態は暗転する。妙子を見初めた楠本男爵が、妙子の父に彼女のパトロンとなることを申し入れたのである。

直ちに介山のもとへ、妙子の父から事情を告げて彼の接触を禁ずる旨の手紙が届いた。

介山が、読売新聞紙上でなじんだ尾崎紅葉の『金色夜叉』の主人公間貫一《はざま》と、己の運命を重ね合せ、愕然としなかったとだれが言えるだろうか。介山は打ちのめされたはずである。

介山の「その後」は、間貫一の「その後」をある意味でなぞったと言えなくもない。介山は長谷川伸の観察とは全く異なり、かなり多情多感な人物だった。その後も極めて濃密な男女関係を、少なからず経験していくことになるのだが、久保川きせとの初恋の挫折に続く、遠藤妙子との成熟した恋の破局は、若い介山の無常感を決定的にすると同時に、彼に「間貫一」的な変身――鬼の如くひたすら創作活動に傾注する作家中里介山への変身――を促す要因になった、と私は見る。

第九章　社会主義運動

若き日の介山は、社会主義運動に携わる諸々の巨像と交流し、みずからも執筆活動を通じてその一翼を担う。しかし実践活動に挫折し、本物の社会主義活動家には遂になりえなかった。

介山は十代後半から二十代初めにかけて、名だたる社会主義者たちと盛んに交流を続けた。

当時この国の社会主義運動の流れはおよそ三つに分れていた。

一つは、土佐自由党中江兆民の系統に属する幸徳秋水等の唯物論的社会主義運動のグループであり、他は基督教系社会主義運動の二つのグループで、一方は木下尚江、安部磯雄等の教会派キリスト者のグループ、もう一方は、内村鑑三等の無教会派キリスト者のグループであった。

介山は十代前半で羽村から東京に出、書生や電話交換手の仕事に携わっていたが、仕事の合間を見て社会活動家の講演会に入り浸り、京橋、日本橋、神田麹町界隈に点在する新聞各紙の掲示板を読み漁りながら、いやがうえにも早咲きの政治意識を高めていった。

そうした講演会のあとに持たれる講師との懇親会などを通じて面識を得たと思われる、教会派キリスト教系の社会主義者の西川大二郎とは、介山が久保川きせ等と共に羽村でキリスト教の布教に努めていた頃応援に来てもらって以来交渉が続いた。

一方、平民新聞を拠点とした、唯物論的社会主義者の幸徳秋水や堺利彦と介山の接触が始まったのは、平民新聞への介山の投稿がきっかけとなった。

日露戦争の開戦をめぐって、国内世論が沸騰し始めた頃、幸徳秋水、堺利彦、内村鑑三等は「万朝報」によって盛んに非戦論を展開していたが、同紙の社主黒岩涙香が俄然開戦論に傾いたため彼等はそこを退社し、秋水や堺は新たに「平民新聞」を発刊して、社会主義の立場から言論活動、とりわけ非戦論を展開することとなった。

この「平民新聞」の懸賞小説に、『レ・ミゼラブル』の一節を翻案した『何の罪』を投稿したのが介山であった。彼の作品は佳作となり、秋水等の注目を集めたが、さらに明治三十七年に入ってからは、彼は「平民新聞」の寄稿家の常連となり、秋水、堺等との親交を深めていった。

介山には、元来その自己顕示欲の発露としての熱烈な投稿癖があり、その萌芽ははしなくも彼の十二歳の頃に現れている。

介山が父母と共に横須賀から羽村に帰村し、母校西多摩小学校の高等科に入学した明治三十年、『少年世界』、『少年団』などと共に彼が愛読していた学齢館発行の「少国民」の投稿欄に、「さても憂《うた》ての世の中や」と題した彼の次なる文章が採り上げられた。

我が村の川一つ向ひに大字を友田となん呼べる村あり。「今より八年あまり昔の本郡長、細谷某と申しけるはこの村よりの出身なりしかど、従務中官金費消とやらんが罪にて入牢の身となり、僅か月余にして遂に獄中にて病死仕り候ひ了んぬ」とは日頃誰彼が唇頭に上り己れも幽かに耳の端にとめおきたれど、その人の邸宅などまのあたり見たることとて侍らざりしを、さる頃父命によって彼地に到りしに只見る青々たる麦田に埋もれて、いと目につきし一かまへと、賤が伏屋に比ぶればなんとなう奥行かしく優に見えたれど、家の主さへあるやなしや。

扉は堅く閉ざされて人のあるべき気配なく、白壁てふも名のみにて春は霞にとぢこめられ、秋は霧に交りつ、庭前の松半ば枯れて二葉のめをとこかしこにうづたかく、野の板さへ朽み果てて落葉のかげにあり。家を廻せる石垣斜にして青苔物すごく、雑草茫々として弥が上に生ひ茂り、草間にすだく虫のこゑ更に哀れに覚えけれ。

因果応報はこれ仏家の謂ふ所、思へばこの家さる由緒のなうてやはあるべきと、路行く童呼び止めて仔細を問へば呼《ああ》涙なり合点せり、噫《ああ》彼の家は旧郡長が家なりけり。此に於てか因果応報の理釈然たり。

昨日は一郡の長として万人の誉れ高かりし人も、今日は餓鬼地獄同様囹圄《れいぎょ》の内に死すること、上は八千余座の神、下は八大地獄の鬼などが悲まざる物あるべきや。さは謂へその初め、かかる罪をかさずばかかるべうともおぼえぬにと、低回これを久しうせしがはてしもあるべき事ならねば、急ぎ用を足しをはり夢路のごとき道々をたどりたどりてをのが家にかへりぬ。

人情のうすきこと紙の如しとは、たが謂ひそめし、彼の家のさるべき主人あらざるを、奇貨をくべからずと買ひとりて己が家居となしたる者あるを、尚あき足らで彼の家の植木数株は掘られて我等がまなびの庭にありてこの春一度力なげに笑を致しぬ。

かゝる花見て誰かは欣ぶことのあるべき、されどこれを欣ばん為に植ゑたるならん。さても浅間しの世の中や。

其の後風のたよりに聞けばかの家あとは畑となり、一株の松一屹の石垣のみうらめしげに昔の名残をのこすといふ。栄枯盛衰はこれ人生の常、人間の一生夢の如く幻に似たりと、噫《ああ》さても憂《うた》ての世の中や、さてもせちなの世の中や。

介山が西多摩小学校に入学した頃の校長は佐々蔚《しげる》といい、元加賀藩士で蛤御門の合戦に参加した経験もある。文字通り古武士然とした古風な教育者だった。藩から選ばれて長崎に留学したこともあり、西郷従道《つぐみち》の台湾征伐に書記のような役目で参戦したこともある。羽村へ来る前は千葉の感化院で教えたりしたが、どういうわけか羽村に迎えられ、生涯独身で羽村の教育のために尽した。

その佐々先生が夙《つと》に介山の才能を認め、弥十郎を口説いて介山を己の下に引き取り、起居を共にすることになった。介山が横須賀から戻ってきてからのことである。

なかなかの蔵書家だった佐々先生の下で、介山は『源氏物語』、『太平記』、『徒然草』、『竹取物語』などになじんだ。『平家物語』も愛読書の最たるものであったが、これは佐々家に寄居する前から小遣いを貯めに貯めてみずから買い集めたものだった。介山が物語の世界に精通するに至ったのには多分に佐々家に寄居した頃の生活が影響している。

「さても憂ての世の中や」には『平家物語』の影響がまざまざと見てとれる。

帝国主義の矛盾の発露として戦争を捉える、「平民新聞」の刺激的な反戦論は、たちまち介山の正義感を捉え、彼の激情を煽っていった。

介山の反戦の想いが炎となって燃えさかったのが、「平民新聞」に掲載された彼の反戦詩「乱調激韵《げきいん》」である。

「乱調激韵」

鍬投げて我今日出立つ故山の圃。
籬《まがき》に凭《よ》りて我を送る老いたる母。
慇懃《いんぎん》袖を引く我がうなゐ子。
白髪愁ひ長くして老眼涙あふる。
無心彼は知らず父が死出の旅。
我が腸断つと云はんや、
国の為なり、君の為なり。

さらばよ、我が鍬とりし畑。

さらばよ、我が鋤洗ひし小川。
我を送る郷関の人、
願くは暫し其「万歳」の声を止めよ。
静けき山、清き河、
其異様なる叫びに汚れん。
万歳の名によりて死出の人を送る。
我豈憤らんや、
国の為なり、君の為なり。

淼々煙波三千里
東、郷関を顧みて我腸断つ。
西、前途を望めば夏雲黒々。
泣かんか、笑はんか、叫ばんか。

一夜、舷《ふなばた》を叩いて月に対す。
ああ我怯なりき、
懐《おもひ》は横槊高吟の英雄に飛ばず。
養ふ人なき母と妻と子、
耕す人なき二頃《にけい》の田《でん》、
家郷を憶ふて涙雨の如し。
我豈泣かんや、
国の為なり、君の為なり。

落日斜なる荒原の夕。
満目に横ふ伏屍を見よ、
夕陽《せきゆう》を受けて色暗澹。
夏草の闇を縫うて流るる、

其の腥き人の血を見よ。
敵、味方、彼も人なり、我も人なり。
人、人を殺さしむるの権威ありや。
人、人を殺すべきの義務ありや。
あゝ言ふこと勿れ、
国の為なり、君の為なり。

与謝野晶子の反戦詩『君死に給ふこと勿れ』の発表より一ヶ月先に発表されたこの詩は、おそらくは『君死に給ふこと勿れ』に少なからぬヒントを与えたものであろうと思われる。

晶子が大町桂月から「国家観念を藐視《ないがしろ》にしたる危険なる思想の発現あり」と評されたのに対し、「民の声を廟堂に伝へやうとして、詩人の使命感から真心を歌ったもの」と述べ、自分の詩が政治的な反戦詩とは無縁であると釈明したのに比べ、介山は秋水等の社会主義的反戦論の立場に立つことを鮮明にしている。

同じく「平民新聞」に明治三十七年五月に寄稿した、ロシアの反戦画家ヴェレスチャギンの死を悼む介山の文章「嗚呼ヴェレスチャギン」は、この立場を重ねて訴えている。

すなわちヴェレスチャギンは従軍画家としてトルキスタン戦争に参加し、中央アジアに赴いた際、戦争の悲惨さを目のあたりにして、遂にこれを嫌悪し、戦争への疑問をカンバスにぶつけていくこととなった画家なのだが、日露戦争に平和画家として同行している際中、一九〇四年四月十三日、旅順港において旗艦ペトロバヴェスク号と共に海の藻屑と消える運命となり、悲劇の人となった。

介山は反戦の立場からヴェレスチャギンを絶讃し、彼の代表作である「奈翁《ナポレオン》莫斯科《モスコー》を望む図」について、「戦争の愚劣と悲惨この一幅に表顕せられて遺憾なし」と評した。

文藻《ぶんそう》における介山の激しさは、あくまでも文字の上にとどまり、実践的な社会主義運動にまで拡がりを見せるものではなかった。

西多摩小学校での教員生活を引き払って東京に進出した介山は、まず北豊島郡赤羽岩淵小学校の代用教員となり、やがて資格を得て正教員となるが、程なくその職を辞して麻布三の橋の私塾「慈育学校」に奉職する。

この学校は水上生活者の子弟四十人ばかりが生徒で、教師は介山ただ一人だった。船を住居とする水上生活者であるから、船が東京にいる間は、生徒たちは学校へ通ってくるが、ひとたび船がどこかへ行ってしまうと、生徒たちもその父母と一緒にどこかへ行ってしまう。

介山はそうした教育環境の子供たちに教える苦労をあえて選んだのであるが、彼は社会主義運動のひとつの実践活動として、この職場を考えていたのではあるまいか。ただこうした実践活動を孜々《しし》として続けていけるだけの根気を、介山は持ち合せてはいなかった。わずかの期間の内に、介山はこの実践活動に行き詰って退散する。

なおこの慈育学校の教室は麻布三の橋の曹渓寺という寺を借りていたが、介山は一週間に一度くらいこの寺に白柳秀湖、山口孤剣等若い社会主義者たちを招んで、議論を交わした。この会合から、我が国最初の社会主義文芸誌「火鞭」が生まれた。非戦論という共通の立場を日露講和条約によって失った平民社の解散に先立つ明治三十八年九月の創刊であり、したがって、平民社を母体として生まれた社会主義文学者の新たな拠点となったものである。

介山が明治三十七年「週刊平民新聞」第十五号に投稿した「余は如何にして社会主義者になりしか」という文章によれば、彼が社会主義運動を志した理由は次のようなものとなる。

　余を社会主義者に至らしめたものは、第一、幼少より一種の天才あることを自覚せるものあるに、貧困のため思ふやうに勉強ができぬのみか、その好まざることをやらされ、十五の時から上京して今に自労自炊の生活を離れぬこと、第二、余はいはゆる三多摩の中でも自由党高潮の地方に生まれたものだから、その感化で肩揚げの取れぬ中から、名家の演説を聴くことを最も好み、遠きを厭はず何処までも赴き、その後上京して共に住居せし頃には、職を欠勤しても日曜日には必ずユニテリアン講堂に走せて、村井知至、安部磯雄氏等の講座を熱心に傾聴したこと、第三、貧困のために余のホームが微塵に砕かれてしまひ、これが余をして現実を激しく呪詛せしむる原因となったこと、第四、読書によりて社会主義を明らかに知り、これを益々固く信じるに至ったこと等である。

言うまでもなく、父弥十郎の人格的欠陥もその要因をなしていたとはいえ、中里一家の貧窮、離散などの悲劇的な家庭環境が、介山をして社会構造の歪みに目を向けさせたことが、彼を社会主義に傾倒させた最大の事情だった。

しかし彼の社会主義活動の猛者たちへの憧憬をこめた接近姿勢を見てゆくと、やむにやまれぬ自己顕示欲、出世欲のようなものが彼を駆り立てていたのではないかと、見ないではいられない。

明治四十三年、この年、幸徳秋水は大逆事件のかどで逮捕されるのだが、逮捕がまだ予測されなかった時点で、介山は秋水のことで母ハナと口論する。その際介山は「人が出世するために行くのを非難する」と母をなじっているのである。

第十章　唯物論からの離反

物質よりも精神を重視する介山は、やがて幸徳秋水等の唯物論と袂をわかち、トルストイ、内村鑑三等に傾倒していく。

介山の社会主義運動への傾倒の背景として、三多摩壮士の風土に培われた彼には民草への共感とそれと対をなす権力に対する抜きがたい敵愾心《てきがいしん》があったことを忘れてはなるまい。

ある時期にはトルストイと同列に西郷隆盛を敬愛していた介山であるが、その西郷には「虫よ虫よ、五節草《いつふしぐさ》（稲のこと）の根を絶つな絶たば己も共に枯れなむ」という歌があり、介山は全く同様の心根で、権力（虫）によって枯れ果てるまでに追い詰められることもある民草に対し激しく憐憫《れんびん》の情を燃やすのである。

伊勢間《あい》の山でお玉の仲間だった宇治山田の米友は、宇治橋の下に立って、持参の竿の先に五色の網の袋を吊し、客の投銭を受け取って喝采を浴びる「網受《あみうけ》」をなりわいとしていた若者。身の丈四尺、面《かお》は猿のようで口が大きく、子供のように見えて額には三筋の皺があるという奇相の持主、しかも頭のまん中に五寸ばかりの茶筌のもとどりをおっ立てているという愛嬌溢るる登場人物なのだが、彼はお玉の濡れ衣をあくまでかばって、みずからが盗人の罪で捕われる身となり、御神域の隠ヶ岡から地獄谷に突き落とされて片足をそこなって以来、お上に対して拭い難い不信感を持っている。介山は『大菩薩峠』の中で、もっぱらこの米友という憎めない快男児に、己の権力不信の存念を代弁させるのである。

近江長浜の高札場で、徒党、逃散についての百姓の密告を賞励する定書を眺めながら、米友は述懐する。

「一味ととうをして乱暴を働くのが悪いのはわかり切っているが、百姓共だって酔興で一味ととうをするわけじゃあるめえ、何か苦しくって堪らねえことがあるか、そうでなければ、おだてる奴があってそうなるんだろう、それを訴人した奴には褒美が出るんだ。また、苦しくって堪らねえから、村を逃散してどこぞへ落ちのびて行くのも罪になるんだ、いてもわるし、動いても悪し、立って退けばまた悪い、百姓というものは浮む瀬がねえ」

（第三十五巻「胆吹の巻」）

民草への共感という介山の精神的性向は、やがてトルストイの農本主義に辿り着くことになる。同時にそうした経路は秋水等の唯物論的社会主義から介山を引き離してゆく経路でもあった。

明治三十八年（介山二十歳）内村鑑三の主宰する雑誌「新希望」に介山が寄稿した「余が懺悔」は語る。

余は強烈なる虚栄心を抱ける最も生意気なる一青年也、余に豆の如き文才あり。虚栄心強くして生意気なる余は此の痴小なる文才を自ら恃んで、余が境遇の此の方を伸ばすに利なきを見るや余は不幸を以て世と人とを怨み憤れり。

余はこの不幸を慰す可く文を作りぬ。図らざり不幸を洩さんが為に書ける文は、却ってさらに不幸と慚恨とを生むのよすがに過ぎざらんとは。

余は社会主義者なりき、余は社会主義の真理を知る。然も余が社会主義に赴きし動機は根底に於て誤れり。

救ひ、助け、愛さんが為に社会主義に赴かずして、怨み、憤り、呪わんが為に之に走せたり。ああ危険なりき、余は特にバイロニズムを奉じて我から此の世間の道徳と宗教とを冷笑し破壊せんと欲したり。斯くの如くして不健全をよろこび、衒奇を好み、俗趣味を愛し遂には俳優の群に身を投ぜんかとまで思ひし事あり。

余は虚栄の子也。罪人也。痴人也。余は漸くにして自己の愚と罪とを自覚し来るや狂する許り苦悶を初めたり。余は此の苦痛に堪へず、馳せて角筈に内村先生を訪ひ切に先生の教へを求む、先生余が過去の非礼を許し、余が為に懇に諭していはるる様。

文を書かんとせば文を為《なす》に文を作る勿れ。批評の材料を供するが為に文を作る勿れ、不平を洩さんが為に文を書かば不平更に不平を生まん。

君が逆境と雖も時に天来の光明に接して喜悦と感謝との溢るる時無きに非ざる可し。只其の時その喜悦と感謝とを筆にして世に示せ。

而して君が筆によって一人でも霊性の慰安を得るものあるに至るを誇りとせよ、と。

ああ余輩駑鈍《よはいどどん》何をか成さむ。世の人余輩に就いて何をか記さん。冀くは将来真摯にして謙遜の人となることを学ばん、筆を執る事あらば神と人類との為。敢て自己の不平の為に心を煩はさざるの道に精進せん。謹言

こうして幸徳秋水等の唯物論的社会主義者と訣別し、非戦論キリスト者である内村鑑三の下へと介山を追いこんでいったきっかけが二つある。

一つは明治三八年九月の日比谷の焼き打ち事件であり、一つは同じ年の六月、トルストイが「ロンドン・タイムズ」に寄稿した「なんじ等悔い改めよ」をめぐってのトルストイに対する秋水等の反応である。

日比谷の焼き打ち事件とは、ポーツマスにおける日露講和条約の内容に不満を持つ分子が、日比谷公園での講和反対国民会議を機に暴徒化した事件のことで、それが日

本の現代史を極めて誤った方向へ進めるきっかけになったことについては、司馬遼太郎なども指摘している。介山はこの事件の中に、大衆運動の暴力性を認め、暴力革命への訣別を誓ったようである。

一方、トルストイの「なんじ等悔い改めよ」については、「平民新聞」が明治三十七年八月七日号で「トルストイ翁の日露戦争論」と題してそれを転載したうえで、次の八月十四日号で「トルストイ翁の非戦論を評す」と題して秋水がそれを批判した。

秋水は言う。

「之を要するにトルストイ翁は、戦争の原因を以て個人の堕落に帰す、故に悔改めよと教へて之を救はんと欲す、吾人社会主義者は、戦争の原因を以て経済的競争に帰す、故に経済的競争を廃して之を防遏せんと欲す、是れ吾人が全然翁に服するを得ざる所以也」

トルストイは反論する。

「社会主義は人間性情の最も賤しき部分の満足（即ち其の物質的幸福）を以て目的とす、而して其の幸福は決して其の唱導する手段によりて到達せらるべきものにあらず」と。

秋水とトルストイとでは、幸福論が完全にすれ違っている。介山はここであくまでもトルストイの個人主義・精神主義を取り、秋水の大衆行動主義・唯物論を見限るのである。

このことは、果たして介山におけるいわゆる「転向」と見るべきかと言えば、決してそうとは言えないと私は思う。いわゆる「転向」において、人は反体制の思想を、体制内思想ないし順体制思想に置き換えてしまうわけだが、介山の場合、彼の反体制の姿勢は微動だにしていない。秋水の唯物論的社会主義には結局ついていけなくなったが、心情的には彼等との同士的紐帯は健在だった。だからこそ大逆事件前夜において、秋水のことで母と激論を交わしたりもしたのだ。秋水の盟友であった堺利彦とは、末長く交友関係を損うことのなかった介山だった。

それゆえ、明治四十三年、秋水が大逆事件の首魁として獄につながれ、翌年刑死したのち介山が著した小説『原主水』と『島原城』では、徳川幕府によるキリシタン弾圧と大逆事件とをオーバーラップさせて、かつての盟友への餞としたのである。『原主水』では、徳川の幕臣でありながらキリスト教信仰のかどで追放され、ついには京都六条河原で五十余名の同志と共に刑死する原主水を描き、秋水への挽歌とする。

さらに刑死した信者たちの遺骸を引き取り茶毘に付すことをあえてした、原主水の養い親木下長嘯子《ちょうしょうし》の姿に、大逆事件で刑死した同志たちの遺骸を引き取り、供養した堺利彦をダブらせてもいる。

大逆事件当時、「赤旗事件」のかどで獄中にあったため、危うく連座を免れた大杉栄も、関東大震災直後の虐殺によって秋水等の後を追うことになる。

こうしたかつての同志たちの挫折、絶命は、介山にとっていかなる意味を持ったのであろうか。そのことについては、次章で触れたい。

第十一章　大逆事件というトラウマ

明治四十三年、大逆事件のかどで幸徳秋水等が逮捕され、翌年十二名が処刑される。この事件はトラウマとなって介山のその後に大きな影響を及ぼす。

明治四十四年、幸徳秋水以下十二名の大逆事件の被告たちが刑場の露と消える。

事件の発端は、長野県東筑摩郡明科にあった明科製作所の機械室に、同製作所工員宮下太吉が隠しておいた、爆弾の材料と爆弾を詰めこむためのブリキ缶が松本警察署によって押収され、爆発物取締り罰則違反事件として、容疑者宮下太吉、共犯者新村忠雄が逮捕されたことである。

やがて天皇暗殺計画なるものが明らかになる。この暗殺計画に参画していたのは、幸徳秋水の愛人であり千駄ヶ谷平民社の女王蜂のような存在であった管野スガ子をリーダーとする、当初の逮捕者二名を含む四人であって、秋水は加わってはいなかった。

しかし、この具体的な天皇暗殺計画に先立ち、漠然とした天皇暗殺計画は、宮下太吉が日本の労働運動と社会主義運動との大きな障害となっている天皇制、特に天皇を神様扱いする迷信を打破し、最高の偶像を破壊する必要があると考えて、千駄ヶ谷平民社に接近してきた明治四十一年十一月頃から、千駄ヶ谷平民社の大いなる関心事となっていたことも事実である。

上京して初めて秋水に逢った宮下は、まず爆弾を作り、天子の馬車にこれを投げつけて、天子も我も同じく血の出る人間であることを示したいとみずからの計画を述べ、爆弾の製造法について秋水の教示を仰いでいる。

秋水はいずれそのような計画が実現される日が来るかもしれない、と宮下をいなしたが、その後も宮下との接触を避けることなく、計画は千駄ヶ谷平民社にくすぶり続けるのである。

いわゆる大逆事件発覚の年、明治四十三年の正月、新年宴会の座興に、秋水は勅題「新年の雪」を当てこすって次なるざれ歌を作った。

爆弾のとぶよと見てし初夢は
　千代田の松の雪折れの音

天皇暗殺計画の最終謀議に加わっていなかった秋水であるが、自身と千駄ヶ谷平民社との宮下太吉への接触の経緯が命取りとなり、逮捕の上処刑されることになる。

自分より十四歳年長の秋水とは、時として激論を交わしたこともある介山だったが、この危険思想家（介山の評）も捕えられ絞首刑に果てたうえは、介山にとって慨嘆の的という他のない人物となった。

処刑の年の十二月、介山は都新聞の同僚記者である秋元巳太郎宛に次のような書簡を送っている。


二十六日には湯河原へ行った。三里半、幸徳秋水の事を途上でたづねると皆知って居る、然も皆「幸徳さん、幸徳さん」とさん付けにして、少しも逆賊的の悪意を持って居ない、停車場の前の休み茶屋のおかみさんまで、其の態度を感心して居った。この椅子に幸徳さんが居て、横浜から来た判検事が斯うして令状を出して、幸徳さんが、ナニ自分がした事ぢやない、子分がした事で引き合いに出されたのだ、一寸行ってくると落ち着いたもので、茶代までもチャンと置いて従容として、判検事や警官に囲まれて軽便に乗って行った。

その後新聞で見て、その事がわかった、それが最後であった。また直ぐ来るからと云ったが、それきりだった。というやうな事をよく話して聞かせる。ああ幸徳の風貌見るが如し、僕は惨として涙を飲んだ。


物質のそれよりも精神の価値に重きを置こうとした介山が、幸徳秋水流の唯物論的社会主義に見切りをつけたことは前述のとおりだが、国家権力が秋水等を抹殺したことについては、断然嫌悪感を持ち、国家権力に対する反発心を後々までたぎらせていくことになる。

同時に、「主義」に殉じてこの世から去っていった秋水等かつての同志に対し、介山はその後の己の人生において、絶えず負い目を感ぜざるをえなかったのではないかと、私は推測する。

介山がやがて彼なりの農耕を基礎とする理想郷を志し、故郷羽村でその実現のために実践活動を展開したり、念願叶って文筆で身を立てられることになってからも、単なる売文業者となることを常に自戒し、自分は「小説家」ではなく「大説家」なのだという自負を無理矢理貫き通したりするところに、私は介山の負い目を感じてならないのである。

つまりこの負い目ゆえに、介山は『大菩薩峠』が大衆小説のレッテルを貼られることに極端に抵抗し、それを「大乗小説」とみずから称することになったのではあるまいか。

だが、介山の「大乗小説」というアピールには、世の批判がないわけではなかった。

三田村鳶魚《えんぎょ》は、『大衆小説評判記』の中で次のように言う。

近来頓に作者がいう「上求菩提」は宜しいとしても「下化衆生」に至っては、作者などのいう文句にしては少々重すぎる。それが適当に云える人が世界に幾人いるだろうか。

柳田国男同様『大菩薩峠』の早期の読者だった折口信夫も次のように言う。

私は、民俗芸術は、芸術でない所に意義があるのだと考へて来た。芸術化したら、其は単に平凡な芸術なのだと主張して来た。曽我廼家喜劇や、講釈物の芸術としての価値の乏しいのも、当座きりの興奮の有無以外に、其処に意味があると考へる。にも拘らず極端には、更に優れた、偶然の天稟を持った人があって、近松の様な作物を残すのだとも考へてゐる。大衆作家は、芸術と読み物の二道に跌をかけ過ぎてゐる。最もよい手本が、中里介山さんに見られる。『大菩薩峠』が、都新聞の読者ばかりに喜ばれてゐた間は、芸術意識から自由でゐただけに、其処に自然の芸術味が滲み出てゐた。世間がかれこれ言ひ出す様になってから、急に不思議な意識が加わって来て、序に芸術味なども、吹き飛して了うた感がある。

（「詩と散文との間を行く発想法」『改造』昭和五年一月）

第十二章　「大衆小説」への抵抗

大逆事件というトラウマのために、介山は『大菩薩峠』の大成功を彼なりにその内面で合理化ないし正当化しようとする。すなわちこの小説を大衆小説とは似て非なる「大乗小説」だと宣言する。

「大衆小説」というジャンルが、例えば山本周五郎などの作家によって、芸術としての市民権を得るに至る以前においては、それは江戸時代の戯作本なみの評価しか受けていなかったと言えるであろう。

昭和二十年代の末、私は偶々高校の校友雑誌の編集に携わっており、寄稿をお願いしにこの高校の大先輩であった大佛次郎や、高見順などの作家を尋ねて、鎌倉を歩き回ったが、なかなか本人に会うことは叶わなかった。

高見順夫人にはわざわざ座敷まで上げてもらい、丁重に断られた末、「大佛さんの所へは行ったの？　でも大佛さんは『鞍馬天狗』を書くからダメかしら」と言われたのには、いささか驚いた。大佛次郎といえば、既に純文学においてもひとかどの作家であったが、その彼でさえ、手すさびに大衆小説を書くことへの冷たいまなざしが存在したのだ。

山本周五郎や司馬遼太郎が登場する以前の文壇における大衆小説の地位の低さを垣間見る思いがしたのはその時である。

ましてや介山が活躍した大正から昭和初期にかけては、大衆小説は売文業としての隆盛はあっても、その芸術上、あるいは文化上の地位の低さは想像以上のものだったのではないか。

介山自身が、次に紹介する「余は大衆作家にあらず」という文章の中で、大衆文学作家と呼ばれることへの嫌悪感を、暗に示している。

さてそうなってみると純文芸というのは一体何ものなのだ、大衆文芸とは何だ、これの定義から聞かなければなるまいが、分類はし強調はしているけれども定義としてはほとんど何物もないのだ。ある一派の文士達が、そういう名と分類を都合上こしらえて、それを圧迫的に世間に受取らせようとする、人のいい世間は面食らいながら、それを押しいただいているという現状なのである。しかし折々はどうも、それだけでは済まされないという弱味が湧くと見え、その色分けや命名を試みて世間を煙に巻いたつもりでいる文士連の中から問わず語りに申訳のような言葉が洩れて来る、その一つには「大衆文芸とは多数の為に書くもので純文芸とは自分の書きたいままを書く芸術である」と斯ういうことを言い出した者もある。これはまた随分あやふやな定義で、多数に読ませるつもりで書いた処で多数が読まなかった時はどうなるのだ。また自分の書きたいところを書いた処で、大多数にそれが読まれた時はどうなるのだ。またある者は「大衆文芸とは道徳性を含んだもので、純文芸とは道徳性を含まぬものだ」と放言したものもある。これも不見識千万のもので徳川時代から勧善懲悪の型に入った文芸を少しばかり解放しようとした明治初期の一派文学者の口吻をそのまま今日へ持って来たもので、道徳性そのものが何であるかという深刻な観念の一向無い者の放言である。ダンテでも沙翁でもユーゴーでもトルストイでも、およそ今日までの世界が持った最大級の文学は皆道徳性を含んでいるのみならず、それが作の全部の根幹をなしていると見られる。右等の後輩はこれ等不朽の作物を大衆文芸視して、それよりもズッと堕落し腐敗してかつ規模の小さい、モウパッサンとかワイルドとかいうやからを純文芸というものに見たてたいのであろうと思われる。この点に於て、今日のジャーナリズム文学というものが一般を毒し、知識階級の観念を乱していることは非常なもので、手も無く彼等の下司根性から出た空宣伝に乗ってしまっている。斯くて、今日一般が定義と検討を別にして純文芸あるいは大衆文芸の観念を丸呑みにしているのである。

（「隣人の友」昭和九年二月）

この文章の中で、介山が「ある一派の文士達」と称して批判しているのは、一体いかなる派閥を指しているのであろうか。

それは正しく「文藝春秋」を拠点とする、菊池寛の一派を指している。

当時菊池寛は文壇の大御所と呼ばれていた。

『大菩薩峠』の中に登場してくる、言わばどうでもいい端役の人物たちの名前に、菊池寛とその系列に連なる作家たちの名前を、冗談半分にもじって引用しているのは、介山の悪ふざけである。

菊池寛自身のことを「木口勘兵衛尉源丁馬」、吉川英治は「吉川の英次」、谷譲治は「ダニの丈治」、子母澤寛は「下っ沢の勘公」、長谷川伸は「下駄っかけの時次郎」、直木三十五は「安直」、久米正雄は「雪の下の粂公」、里見惇は「里芋のトン勝」、と止まるところを知らない。自分の気に入らない人物はあたかも筆誅を加えるかの如くこき下してしまうのが介山流である。

「大衆文芸評判記」で、介山の「上求菩提、下化衆生」にケチをつけた三田村鳶魚などはたちまち「よた村とんび」なる蔑称で筆誅を受けてしまうのである。

まるで子供の喧嘩とも呼ぶべき、介山の子供っぽさである。

子供っぽいと言えば、『大菩薩峠』という長篇小説の長さに極めて子供っぽくこだわり続けたのも、あまりいただけない介山の一面であった。

書き始めの頃は、これほどの長篇にするつもりのなかった介山であったが、読者の人気が高まり、際限もなく小説の枚数が重なってゆくにつれ、みずからも「人間世界

第一の長篇『大菩薩峠』」などと誇るようになり、枚数を稼ぐために臆面もなく水増しを行ったりもしている。

例えば第三十九巻「京の夢おう坂の夢の巻」の中では、ぐうたら旗本神尾主膳が徒然なるままに読み進める本として、勝海舟の実父勝小吉の自伝『夢酔独言』が紹介され、一字一句たがわずに長々しい引用が続く。

文庫本にして四十頁にも及ぶこの引用に、介山が書き添えたものと言えば、僅か一頁に過ぎない解説まがいの文章だけなのである。

この『夢酔独言』は破天荒な勝小吉のべらんめえ調の口伝で、坂口安吾なども大いに傾倒した傑作だが、それを丸々長々と引用して『大菩薩峠』の枚数を稼ごうとする魂胆は、いただけない。

同様に、介山がこの小説に登場させてくる、清澄の茂太郎――鳥や虫などとも意思疎通能力を持つ天才少年――が折にふれて口ずさむ詩も、冗漫極まりなく、かつ内容空疎で、「枚数稼ぎ」の疑いを禁じえない。

なおこの清澄の茂太郎は、明らかに介山がトルストイ同様に影響を受けたと告白するユーゴーの『レ・ミゼラブル』に出てくる、一八三二年六月のパリ市街戦の英雄、ガヴローシュ少年の焼き直しである。

昭和二年に自裁した芥川龍之介は、死の前年、純文学から大衆文学に身を転じようとしている佐々木味津三（『右門捕物帳』などの作者）に対し、次のように語って激励したという。

興味中心の文学を堂々と樹立したら大事業ぢやないか。ちつとも恥づべきことはないぢやないか。今後百年ののちを見給まへ。もし文芸大辞典を造るものがあつたら、現在活躍中の文芸作家は一二行しか書かれないかも知れないが、中里介山は二三頁費して書き立てるよ。

（『落葉集──佐々木味津三遺文集』）

芥川が『大菩薩峠』を高く評価していることは間違いないが、その本質が大衆文学であることに関し彼の疑念はなく、だからこそ、佐々木味津三への餞として、それを引用しているのである。

第十三章　介山と農本主義

単なる売文業者とは一線を画そうとした介山は、一方で「主義」に殉じて果てた、かつての同志たちへの申しわけとして、故郷羽村に農業共同体を築いて、農本主義の実践活動を展開しようとするが、所詮道楽の域を出ることはなかった。

先にも述べたように、介山が唯物論的社会主義と訣別してゆくに際しては、彼のトルストイへの傾倒が大きく作用している。

トルストイの言行そのままに、手に肉刺《まめ》のない人間を信用せず、肉体労働によってたつきを立てる農民の共同体こそ、人類の理想郷と、愚直なまでに介山は信奉した。

彼は考える。世界の本当の平和というものは「皆農」を基本とするところから出直さなければ、到底実現するものではない。

国民に徴兵制を布くように、国民を悉《ことごと》く農民に還らしめる。のみならず、広く人類一般にこれを広めることによって、人類は初めて生活の真正の安定心を得ることができ、国際的摩擦さえもそこから緩和され、解消されてゆくのだと。

呆れるほどの観念論であり、理想論である。果たして介山は、心底かかる農本主義を信じていたのであろうか。少なくとも、介山がそう信じているふりをしたことは確かである。

昭和三年（介山四十三歳の年）、介山は羽村字千仏堂に二千坪の畑を購入し、ここに彼の信奉する理想的農業共同体を作ろうとする。これに先立ち、介山は大正末年の頃から東京を本拠としながら、多摩各地に草庵と称する小さな別荘を次々に建てていた。

高尾山麓千年樫の下の「妙音谷草庵」、武州沢井村（現青梅市）の「黒地蔵草庵」、武州御岳払沢（ほっさわ）の谷の「小滝道場」などがそれである。

さらに武州二俣尾に、図書館と武術道場を兼ねた青少年練成の会館「隣人道場」を開いたが、これらの道場ないし草庵を畳んで収斂させたのが、羽村の農業共同体「西隣村塾」であった。

昭和五年（介山四十五歳の年）、正式に発足した「西隣村塾」は、図書館、印刷部に加え、園芸、工芸、販売部などが備わった、実験的な農業共同体であった。

農地も次々に買い増し、一町歩の畑と一町五畝《せ》の山林を確保した。

しかし介山自身が農業労働に携わることはなかったという。

介山は自分の築いたこの「西隣村塾」を植民地と称している。介山が「植民地」の建設資金、経営資本に、厖大な『大菩薩峠』の印税を充当したことは言うまでもない。晩年介山が発表した小説『百姓弥之助の話』は、介山における「詩と真実」というべき著作だが、その小説の中に「植民地」に関する次のような記述がある。

弥之助は少年時代から読書が好きでどうかして東京へ出たいと思った。十四歳のときやっと小学校を終えると無理矢理東京へ出て、それからあらゆる苦しみをしてとうとうそれ以上の学校へ入ることが出来なかったが、そのうち独力である一つの発明をして、それが世間に喧伝され、その発明が世界的な発明であるというような意味から彼自身もパテントによって相当の産をなして今はその郷里の新館に来ている。

「机龍之助」という空前絶後の人物像の創造のことを、パテント、しかも世界的なパテントとは、なるほど言い得て絶妙である。

介山は思いも及ばなかった莫大な特許料ならぬ原稿料を手にすることとなった。重ねて述べるが、この時点で大逆事件というトラウマは介山に重くのしかかってきたに違いないのだ。

先に私は介山において反体制思想からの転向はなかったと述べたが、『原主水』や『島原城』執筆の頃と比べ、介山のなりわいは極端に変わってきていた。秋水等と激論を交わしていた頃の介山との落差は、醜悪と言っても過言ではなかった。

彼はかつての同志への負い目から、己の現在を合理化し、正当化すべき心理的圧迫を感じたに違いない。

自分は売文家としてではなく、思想家、宗教家として物を書いているのだ、すなわち『大菩薩峠』は「大乗小説」なのだという、ひとつの旗を介山は打ち樹てざるをえなくなったのだと、私は考える。

さらには、『大菩薩峠』によって得られた莫大な収入については、今や彼にとっての「主義」となっている「農本主義」のために惜し気もなく注ぎこんでいる姿勢が、介山にとってかくべからざるものだったのであろう。

死に先立つ二年の間に、介山は『佐藤信淵抄』を皮切りに、宮崎安貞の『農業全書』上・中・下巻、『二宮尊徳夜話』、『義農作兵衛伝』、『報徳記』など七冊もの農業関係図書を出版し、わが国近世を代表する農本主義者の著作の集大成を図ろうとしたが、この作業は未完のまま終わった。

こうして介山は農本主義への積極姿勢を必死でアピールせんと努めたが、悲劇的というべきか、喜劇的というべきか、彼の理想郷であるべき「植民地」について、介山自身はその経営が成功するとは信じていなかったふしがある。

被差別部落出身のお君（間《あい》の山のお玉）を屋敷に迎え入れ、子までなした甲府勤番支配の駒井能登守は、そのことが醜聞となって失脚した後、洋学の素養を駆使して洋式の船を建造し、同志や身内の者を糾合して、南方に理想郷を築くべく船出する。しかしその前途はいかにもおぼつかないものであった。

凡ソ自分ノ理想ノ新社会ヲ作ラウトシテ、ソノ実行ニ取リカカツテ、失敗シナカツタモノハ、一人モアリマセン、皆失敗デス、駒井サン、アナタノ理想モ、事業モ、ソノ轍ヲ踏ムニ定マツテヰマス、失敗シマスヨ

（第四十一巻「耶子林の巻」）

介山自身先に述べたように農具を手にしたこともなかったというから、「植民地」は金持ちの道楽の域を出ることのない代物だったのではあるまいか。

『大菩薩峠』というパテントに、介山が「上求菩提、下化衆生」のコピーを添えたことでこの商品の売れ行きが伸びたのか否かは定かではないが、かつての盟友たちへのアリバイ作りとしては、このコピーは成功したのかもしれない。

第十四章　人生は正教か邪教か

介山は「小説家」的アプローチを貫きつつ、読者をして寛容の境地という法悦にいざなうことに成功したものと思われ、その意味で大乗小説は所期の目的を果たしたと評価できる。

さて本稿の当初の狙いに立ち戻ってみたい。

『大菩薩峠』を、介山が「大乗小説」とあえて喧伝しなければならなかった事情には、何とか辿り着くことができた。

では『大菩薩峠』は、果たしてその「大乗小説」なるものとして所期の目的を達成しているといえるのであろうか。

つまり机龍之助の一見不条理な殺人に対し、単なる「小説家」的な描写ではなく、「大説家」的な解説はなされているのか否かという問題である。

言い換えれば、悪と不条理に満ち満ちている我々の人生は、それを信じれば救いのある「正教」なのか、それとも信じても救いのない「邪教」なのかという問いに対し、介山はどう答えているのか、ということでもある。

『大菩薩峠』は未完の小説であるが、それが未完のまま介山の筆が擱かれるまでに、机龍之助には罪の償いも、改悛の心の兆しも、一切現れてはこない。

「神や仏、そんなものが有るか無いか、拙者は知らん、ちょっと水が出たからとて百人千人はブン流されるほどの命ぢゃ、疫病神が出て采配を一つ振れば五萬十萬の要らない命が直《すぐ》にそこへ集まるではないか、これから拙者が一日に一人づつ斬ってみたからとて知れたものぢゃ」

（第十五巻「慢心和尚の巻」）

こう嘯いて憚りもない龍之助である。

神仏に挑戦することすら辞さない龍之助を肯定するでもなく、否定するでもなく、ありのままの現実として写し取っている介山の手法には、「小説家」のそれしか見ることができない。

一体「大乗小説」はどこへ消えてしまったのだ、と言いたくもなる。

ところで、この小説の心を読み解くヒントのようなものとして、ある二つの影がそこに潜んでいることに、ある日私は気付いた。

一人の心清らかな若者と、一匹の賢い犬のことである。
心清らかな若者とは、與八《よはち》のことで、彼は実は父である盗賊七兵衛に赤子のときに捨てられたのを、龍之助の父机弾正に拾われ育てられた孤児であった。その與八が今度は龍之助の一子郁太郎を育てることになる。

御嶽の山も澤井あたりの山も大菩薩の方も、眼の前に連なってゐます。與八はこれを見るとまた悲しくなって、密《そっ》と後《うし》ろの郁太郎を振返へると子供は無心に寝入ってゐる。ぼんやり立ち止まっては、提げてゐたお濱の黒髪を包んだ風呂敷に眼が落ちると、ひとりでに涙がこぼれます。與八は善いことをしてはいつでもそれが悪い結果になる、あれもこれも皆んな自分が馬鹿だから、これからは罪滅ぼしに多くの人の追善をはかり、傍らこの子を育て上げて立派な人にして申し譯を立てねばならぬ。與八には人を怨むといふ考へがなくて、一も自分が悪い、二も自分が悪いで通って行くのです。

生来智恵が遅れていた與八は、人一倍働き者で、力仕事を得意とし、やがて年寄りや子供たちから愛される聖者のような存在に成長する。

明らかにトルストイの『イワンの馬鹿』のイミテーションであるこの若者は、龍之助と善悪の対極に位置し、登場してくるたびに、爽やかな風を周囲に捲き散らす一服の清涼剤として作用している。

介山は「下化衆生」の理想像に與八を据えていると見て間違いあるまい。

しかし悪の極致に置かれる龍之助の存在感が極めてリアルなのに引き比べ、與八の存在感にはあまりリアリティーが見られず、こんな人物が現実に存在したらお目にかかってみたいものだ、と切り捨てられかねない。

少なくとも與八の登場して来る部分の『大菩薩峠』は、「小説家」のタッチを失い、甘美な説法調に堕していると言ってよい。

介山が「下化衆生」の思いを伝えるのに汲々としていると、思えなくもない。

一方、一匹の賢い犬とは、お君（間の山のお玉）の愛犬ムクのことである。

悪業の確信犯の如き龍之助が、このムクからだけはなつかれているのは、不思議この上もない。

ムクは敏捷かつ強健、忠誠心に溢れた、途方もなく賢い犬である。

神尾主膳という不良旗本が、仲間うちの座興に、生きながらムクの皮を剥ぐ見せ物を企画する。鎖で木に縛りつけ、餌も与えずにその日を迎えさせるのだが、疲れ果て腹を空かしきっているはずのムクは、やすやすと犬殺したちの手をすり抜け、逃げおおせる。そんな名犬がムクなのである。

龍之助が格別目をかけたわけでもないのに、龍之助の前に出るとムクは従順そのものので、喜んで彼を助けようとする。一体なんで、龍之助をなのであろうか。

「おや」

この時に、また米友を驚かせたものがあります。それは、今まで自分の身の邊《まわり》にゐたムク犬が、いつの間にかどこをくぐってか、もう庭の中へ入り込んでゐて、しかも、極めて物慕はしげに、龍之助の傍へ寄って行くことであります。ムクが近寄ると、龍之助がその手を伸べて頭のあたりを探って撫でてやると、ムクは、ちゃんと両足を揃へて、龍之助の傍へ跪《ひざまず》きました。

龍之助は何か言って犬の頭へ手を置いて、犬と一緒に仲よく日向ぼっこをしている體《てい》です。

これは米友に取っては、非常なる驚異でありました。ムクは、さう安々と一面識の人に懐《なつ》くやうな犬ではない。彼は善人を敵視しない代りに、悪意を持った者に対しては、ほとんど神秘的の直覚力を持った犬であります。まあ、伊勢から初まって、この江戸へ来ての今日、ムクが本当に懐いてゐる人は、お君とおいらと、それからお松さん――その三人位のものだと思ってゐる。しかるに、今自分の傍を離れて、かへって、見も知りもせぬ、あの奇怪極まる盲者《もうじゃ》の傍へ神妙に侍《はべ》ってゐるムクの心が知れない。

（第十八巻「安房の國の巻」）

甲州八幡村の殺した女房お濱の実家小泉家に不思議なえにしで逼塞していた龍之助は、ある日、笛吹川の大洪水に見舞われ、家もろとも濁流に捲きこまれてしまう。この危機から龍之助を救い出したのもムクであった。

この時のムク犬はもはやお寺へ逃げ込んだ時のやうに、痩せて険しい犬ではありません。

出水となって働く大勢の働き振と、漲り返る笛吹川の洪水とを見比べては自ら勇をなして尾を振り立てながら、時々何をか促すやうに慢心和尚の面《かほ》を仰ぎ見るのであります。

「和尚様、何か御用があったら及ばずながら私をお使い下さいまし」

ムク犬は和尚に自分のなすべきことの命令を待ってゐるかのやうでありました。そのうちに何を認めたのかこの犬は、岸に立って流れの或処に凝《ぢ》っと目を据えました。

堤防の普請にかかってゐた慢心和尚をはじめ雲水や百姓達が、

「あ、あの犬はどうした、この水の中へ泳ぎ出したわ」

さすがに働いてゐた者共も一時手を休めて舌を捲いてながめると、滔々たる濁流の真中へ向って矢を射るやうに泳いで行く一頭の黒犬。申すまでもなくそれはムク犬であります。

（第十七巻「黒業白業の巻」）

ひょっとすると介山は、このムクに仏の化身の役割を任わせようとしていたのではないかと、いつの間にか私には思えてきた。

つまり龍之助の不条理殺人も、仏の前ではついには赦されるのだと、ムクを通じて介山は言わんとしたのではないかと、私は思うようになったのである。

龍之助が赦されるのだとすれば、この世の不条理という不条理は全てあるがままに看過されてもいたし方ないことになりはしないか。

不条理によってさいなまれる衆生は、それをすべて「業」のなせるわざと観念せざるをえないのであろうか。

やっぱりお釈迦様のおっしゃるとおり、人は「諦める」以外に救われようはないのだろうか。

そんなはずはない、と介山は言いたいはずである。「下化衆生」とは、単に衆生に「諦める」ことを諭すことでは決してあろうはずがない。

不条理に満ちたこの世を、それでも健気に生き続ける人間にとって、「諦め」の境地しか残されていないというのでは、人生はやっぱり信ずるに値しない邪教になってしまう。

さにあらず、人には「諦めの境地」ばかりでなく、「寛容の境地」という救いも選択肢として残されているのではないか。

不条理をありのままに直視し続けることを通じて介山が訴えようとしたもの、それは善悪不二、禍福一如を実感できる境地、一言で言うなら机龍之助さえも受容できる境地、すなわち「寛容の境地」へのいざないだったのではないだろうか。

悪に満ち災厄にこと欠かない人生を平気で生きていける境地こそ、「寛容の境地」である。

不条理は不条理として認めつつも、だから人生を信ずるに価しない邪教にすぎないと諦めてしまうのか、それとも、にも拘らず人生を信ずるに価する正教と讃えるのか、大きな選択肢がここにある。

ふたつの選択肢のいずれを取るかの決め手となるのは、おそらく仏の大慈大悲に身を委ねることができるか否かの一点に尽きよう。

仏の大慈大悲への帰依を通じて、人は初めて「人生という正教」に到達できるはずである、『大菩薩峠』で介山が訴えたかったことは、ざっとそんなところではなかろうか、と私は思うに至ったのである。

介山は『大菩薩峠』を大作として育ててゆく過程で、勧善懲悪型の「大説家」的アプローチに迷いこむことなく、ひたすら「小説家」的アプローチを貫いた。「小説家」的アプローチの繰り返しを通じて、彼は「寛容の境地」という仏教上の法悦への道筋を読者に提供したのではなかろうかと、私はこの小説を読み解くことにした。

まさにそう読み解くことによってのみ、『大菩薩峠』は「大乗小説」としての役割を果たしたと見ることができそうである。

終　章　復讐するは我にあり

前章で見たとおり、読者たる衆生に対し、仏への帰依を通じて「寛容の境地」を得よと、『大菩薩峠』の中で介山は訴えているのだと読み解くことが可能だが、一方で机龍之助のような存在にとっての救済とは一体何なのか、という途方もない疑問に対し、果たして介山は答えを出しているのだろうか。

昭和三十年代の終り、ある連続強盗殺人事件が世を震撼させた。犯人は詐欺・偽装を繰り返しつつ次々に人を殺し、四方八方に逃走を試みたNである。

彼の犯した稀に見る犯罪経歴をもとに、佐木隆三氏は『復讐するは我にあり』と題するノン・フィクションを著し、のちにこの小説は今村昌平監督によって映画化もされた。

Nがみずから殺害した弁護士になりすまし、当時私の勤めていた銀行に現れて、貸金庫から有価物を受け出そうとして失敗し、逃走した経緯があったので、私にはことのほか印象深い事件である。

映画を観た私の父が、Nはなんであそこまで次々に人をあやめなければならないのかと私に問いかけてき、返答に窮したのを今でもよく憶えている。

Nは私たちの心理、行動のパターンからすれば、全く埒外《らちがい》にいる男である。

だからこそ私にはNを裁くということはできない。私は一度たりともNと同様の心理の軌跡に踏み入ったことがないのである。私が一度でも彼と同様の心理的経路に追いこまれ、その上で彼と同様の犯罪への道を振り切ったというなら、私には彼を裁く資格があるだろう。

「わが心のよくて殺さぬにはあらず」（親鸞）、私はなにもみずからの精神修養、人格形成において努力したがゆえに、Nのような心理的経路に踏み迷うことがなかった、というのではなく、そもそもごく自然に私の心理はNのそれの軌跡に踏みこむということがなかっただけの話である。

そして、世の人のほとんどが私と同様なのではないかと思う。

そんな私たちに果たしてNを裁く資格はあるのだろうか。

Nを危険人物として隔離し、抹殺しようとするのは、社会の自衛の道としてありうるだろう。

しかし、それが正義だとは、私には到底思えないのである。

まさに『復讐するは我にあり』である。善悪不二を説かんとしている――私にはそうとしか思えない――介山もまた、机龍之助を赦し、Nのような存在を裁こうとはしないだろうと、私には思える。

ただここで、私たちは極めて大きな難問にぶち当たる。机龍之助や、はたまたNを、仏はどうやって救おうとしているのか、という疑問である。

私たちの人生にとって、彼等が何ゆえ存在しているのか、という私たち自身の問題については、前章で触れたとおりである。

つまり、介山の『大菩薩峠』によって、私たち衆生を善悪不二、禍福一如の境地に思い到らしめるために、仏は彼等をこの世に送り出したのであり、おかげで私たちは仏への帰依次第で「寛容の境地」という法悦を得ることも可能になることを告げられた。

しかしここで、机龍之助やN自身にとっての仏の救いとは一体何なのであろうか、というとてつもなく大きな疑問に私たちはぶち当たるのである。

それは私には到底解くことのできない難問のようにも思える。

ひょっとして、と私は思ってしまう。これは恐しい妄想になるのかもしれないが、彼等は仏の救いの得られなかった存在、いや仏の救いを必要としなかった存在なのではあるまいか。

もしも私が、この人生を信ずるに足る正教と捉えたいのなら、そう考えるしかないように思える。

仏の救いを必要としない存在とは何か、もちろんその答えは決まっている……。

そう思わない限り、大乗仏教の目指す仏法世界の自己完結性は、満たされることにはならないのではあるまいか。

中里介山はそこまで訴えようとしていたと見るのは、あまりに深読みが過ぎるというものだろうか。


（完）

あとがき

無差別殺人、連続殺人が跡を絶たない。

秋葉原通り魔事件などは、今の世相が産んだものと言われることが多いが、私が生まれた昭和十三年五月にも、なんとこれに酷似した津山殺人事件という大量殺人が発生しており、横溝正史の「八ツ墓村」のモデルとなっている。

この種の事件は時代を超えており、何よりも、私が若い時から愛読してきた『大菩薩峠』の机龍之助がこれを象徴している。

自然は芸術を模倣する、とはこのことか。

この種の不条理殺人が起こる都度、評論家の先生方は、犯人の心理の分析、事件の時代背景の分析を急ぐのだが、この種の事件がわれわれの人生にとっていかなる意味を持っているのか、という視点に立ったコメントにお目にかかったことはついぞないのだ。

それをやってくれるのは、考えてみれば、宗教だけなのかもしれない。そう思って仏教のことを勉強してみようと思い立ったのは、退職後のことである。

檀家寺である浄土真宗本願寺派光明寺（横浜市栄区）に通い、仏教史の勉強を始めて八年にもなろうか。北條祐英住職に、とんでもない初歩的な質問を繰り返している内に、おぼろげながら仏教の輪郭がつかめてきたような気がする。

だからこの拙稿は、「私の『大菩薩峠』論」というより、『大菩薩峠』を手掛かりとした「私の仏教論」と題した方が適切なのかもしれない。

あくまでも「私の仏教論」であって、「独断と偏見」のご批判は甘受するつもりである。

ただ、北條住職の講義に少なからずヒントをいただいたことは間違いなく、感謝の思いをこめて記しておきたい。

平成二十一年春

筆　者

参考文献

柞木田　龍善　「中里介山伝」　読売新聞社
笹本　寅　「大菩薩峠――中里介山」　日本図書センター
梁取　三義　「中里介山」　光和堂
伊藤　和也　「増補　中里介山論」　未来工房
尾崎　秀樹編　新潮日本文学アルバム「中里介山　孤高の思索者」　新潮社
尾崎　秀樹編　『大菩薩峠』　至文堂
松本　健一　「中里介山」　朝日新聞社
作家の自伝「中里介山」　日本図書センター
桜沢　一昭　「中里介山の原郷」　不二出版
「中里介山と大菩薩峠」　同成社
野崎　六助　「謎解き大菩薩峠」　解放出版社

遠藤　誠治　「中里介山とその創世界」　オリジン
武井　昌博　「中里介山『大菩薩峠』の旅」　有峰書店
中村　文雄　「中里介山と大逆事件」　三一書房
神崎　清　「実録幸徳秋水」　読売新聞社
三田村　鳶魚　「大衆文芸評判記」　桃源社
安岡　章太郎　「果てもない道中記」上下　講談社
山梨県立文学館　「資料と研究」第四輯「中里介山特集」

著者略歴

高梨　義明（たかなし　よしあき）

1938年５月25日　横浜に生まれる。
1963年　東京大学法学部卒業。
安田信託銀行（現みずほ信託銀行）入社。
取締役調査部長、関連会社役員を歴任。
1999年　退職、今日にいたる。

大乗小説がゆく——私の「大菩薩峠」論

2009年６月17日発行　初版発行

著者
高梨　義明

発行・発売
創英社／三省堂書店
〒101-0051　東京都千代田区神田神保町1-1
Tel：03-3291-2295　Fax：03-3292-7687

印刷／製本
藤原印刷

ISBN978-4-88142-385-1 C1295